Andreas Schlüter · Irene Margil
Schmetterball

STECKBRIEF

Michael: Athlet

Alter:
12 Jahre

Nation:
USA

Geschwister:
keine

Hobby:
Krafttraining

Lieblingsfarbe:
gold

Sternzeichen:
Widder

Schwäche:
protzt manchmal mit seinen Muskeln

Stärke:
meistens schnell im Handeln

Motto:
„Köpfchen allein genügt nicht. Kraft gehört dazu!"

Lieblingsfächer:
gibt es nicht!

Berufswunsch:
Sport-Animateur, Fitnesstrainer

Geschwister:
Schwester Huon

Hobby:
Pflanzen, Bon

Lieblingsfarbe:
grün

Sternzeichen:
Löwe

Schwäche:
manchmal ge

Stärke:
ruhig und

Motto:
„Es gibt

Lieblingsfäc
Biologie,

Berufswun
Richter

STECKBRIE

Jabali: Läufer

Alter:
12 Jahre

Nation:
Südafrika

Geschwister:
Bruder Rasul, 6 Jahre

Hobby:
Eisherstellung

Lieblingsfarbe:
täglich wechselnd

Sternzeichen:
Waage

Schwäche:
ist manchmal lieber allein

Stärke:
ausdauernd, geduldig

Motto:
„Nicht weglaufen, sondern hinlaufen!"

Lieblingsfächer:
Mathematik

Berufswunsch:
Sportwissenschaftler

CKBRIEF

Kämpferin

...re

Deutschland, ihre

...n kommen aus Vietnam

...re

...lumen

wie eine Giftschlange

...nen

...nen Weg."

...rs: Pflanzenkunde

STECKBRIEF

Ilka: Schwimmerin

Alter:
12 Jahre

Nation: Australien, die Eltern kommen aus Deutschland

Geschwister:
keine

Hobby:
Zierfische, Salzwasseraquarium

Lieblingsfarbe:
türkisblau

Sternzeichen:
Skorpion

Schwäche:
hasst ihre Sommersprossen

Stärke:
unternehmungslustig, zuverlässig

Motto:
„Achte jedes Tierchen!"

Lieblingsfächer:
Physik, Chemie, Biologie

Berufswunsch:
Meeresbiologin oder Sportärztin

STECKBRIEF

Lennart: Ballkünstler

Alter:
12 Jahre

Nation:
Deutschland

Geschwister:
keine

Hobby:
Jonglieren und Bällesammeln

Lieblingsfarbe:
Linhs Augenfarbe

Sternzeichen:
Schütze

Schwäche:
manchmal hektisch und nervös

Stärke:
lebendig, kommunikativ

Motto:
„Erst zielen, dann handeln."

Lieblingsfächer:
Englisch, Deutsch

Berufswunsch:
Dolmetscher

© privat

Andreas Schlüter, geboren 1958, ist einer der erfolgreichsten Kinder- und Jugendbuchautoren der letzten Jahre. Gleich sein erstes Buch ›Level 4 – Stadt der Kinder‹ wurde ein Bestseller. Neben den zahlreichen ›Level 4‹-Bänden sind auch seine ›Heiße Spur ...‹-Abenteuer um Marion und das sprechende Chamäleon bei dtv junior im Taschenbuch lieferbar.
Zusätzliche Informationen über Andreas Schlüter und seine Bücher stehen unter www.aschlueter.de und www.fuenfasse.de zur Verfügung.

© Iris Hogreve

Irene Margil, geboren 1962, entdeckte im Alter von 9 Jahren zwei Leidenschaften: das Fotografieren und den Sport. Das Fotografieren machte sie zu ihrem Beruf, den sie bis heute in Hamburg ausübt. Basketball, Skifahren, später Wen-Do und Karate waren ihre bevorzugten Sportarten, bis sie mit 33 Jahren das Laufen entdeckte. Sie läuft Halbmarathon und Marathon. Daneben ist Irene Margil ausgebildete Lauftherapeutin und Nordic-Walking-Trainerin. ›Fünf Asse‹ ist ihr erstes gemeinsames Buchprojekt mit Andreas Schlüter bei dtv junior.

Andreas Schlüter · Irene Margil

Schmetterball

Fünf Asse

Sport-Krimi

Mit einem Daumenkino
von Karoline Kehr

Deutscher Taschenbuch Verlag

Wir bedanken uns für die fachliche Beratung bei
Michael Raubold und Sandra Wendt

Originalausgabe
In neuer Rechtschreibung
November 2008

www.dtvjunior.de
Umschlagkonzept: Karoline Kehr
Umschlagbild: Karoline Kehr
Lektorat: Anke Thiemann
Gesetzt aus der Lucida Sans 11/14,5˙
Gesamtherstellung: Druckerei C. H. Beck, Nördlingen
Gedruckt auf säurefreiem, chlorfrei gebleichtem Papier
Printed in Germany · ISBN 978-3-423-71321-4

Trainingsfieber

Wwwwwusch! Der Ball zog an Lennarts Ohr vorbei.

»Schläfst du? Oder was ist mit dir los?«, fragte Linh. Ihr Ball war an Lennart vorbeigesaust, ohne dass der irgendeine Reaktion zeigte. So richtig konnte Linh sich über diesen Punktgewinn nicht freuen. Lennart war gar nicht bei der Sache und hatte ganz woanders hingeschaut. »Willst du jetzt trainieren oder nicht?«

Linh hatte an diesem Nachmittag nur Lennart zuliebe ihr eigenes Training vorzeitig beendet, um ihm als Gegnerin zur Verfügung zu stehen. Und das bedeutete bei Linh wirklich viel. Gewöhnlich ließ sie keine einzige Trainingsminute ausfallen. Statt sich weiter auf der Matte zu verausgaben und neue Judogriffe zu üben, stand sie hier in der Halle an einer von mehr als zehn Tischtennisplatten.

Wieder machte es »Wwwwusch«. Diesmal schoss ein Ball direkt an Linh vorbei. Doch der kam nicht

von Lennart, sondern war von einem der Nachbartische zur ihr hinübergeflogen. Linh hob den Ball auf und warf ihn zurück. »Wenn ihr mehr als einen Tisch zum Spielen braucht, sagt es ruhig!«, rief sie ihnen grinsend zu.

Mit einem kurzen Kopfnicken bedankten sich die zwei und setzten ihr Spiel fort.

Linh wandte sich wieder Lennart zu. »Und? Jetzt bei der Sache?«

»Ich dachte, ich hätte jemanden meinen Namen rufen hören«, erklärte Lennart seine geistige Abwesenheit.

Linh runzelte die Stirn. In der Halle herrschte ein riesiges Gewusel. Dicht an dicht waren die Tische für das Vorbereitungstraining der Stadtmeisterschaften aufgebaut worden. Die James-Conolly-Schule stellte einige Favoriten verschiedener Altersklassen. Lennart gehörte auch dazu. Die Bälle zischten nur so über die Tische, die Sohlen der Spieler quietschten über den Hallenboden, Freudenschreie und Flüche, Anfeuerungsrufe und laute verzweifelte Seufzer dröhnten durch die Halle. Wie sollte man da mitbekommen, wenn man gerufen wurde? Dennoch spitzte sie ihre Ohren und hörte noch mal genau hin. Und tatsächlich. »Lennart,

Linh, kommt ihr mal?«, klang es von der Eingangstür. Dort stand Ilka, die heftig winkte.

»Siehst du? Hab ich doch gesagt!«, triumphierte Lennart.

Linh verbeugte sich vor Lennart, zog wie in einer Pantomime einen unsichtbaren Hut und sagte: »Respekt! Du hörst vermutlich auch das Gras wachsen.«

»Ich frage mich nur, was jetzt so wichtig ist?«, muffelte Lennart. Er mochte es gar nicht, im Training gestört zu werden.

Linh und Lennart legten ihre Schläger jeweils in die Mitte ihrer Spielfeldhälfte. Eigens dazu holte Lennart aus seiner Tasche einen alten Schläger, mit dem er keine Wettkämpfe mehr bestritt. Die beiden Schläger auf dem Tisch signalisierten: Hier wird nur kurz pausiert, der Tisch steht nicht zur freien Verfügung! Seinen Wettkampfschläger, mit dem er gerade trainierte, legte er seit Tagen kaum mehr aus der Hand. Fast konnte man glauben, er sei dort festgeklebt.

Jetzt balancierte Lennart den Ball in kunstvollen Bahnen auf seinem Turnierschläger, während er gemeinsam mit Linh auf Ilka zuging, hinter der nun auch Michael auftauchte.

»Wir unterbrechen nur kurz, okay?«, vergewisserte er sich noch schnell bei Linh.

»Abwarten ...«, bremste Linh ihn jedoch. »Mal sehen, was Ilka will.«

Beide wussten, dass Ilka niemals ohne triftigen Grund hierhergekommen wäre.

Ilka hielt Lennart ein Blatt entgegen. »Wichtige Neuigkeiten! Dein neuer Spielplan!«

Lennart machte große Augen. »Neuer Spielplan? Wieso das denn?«

»Wegen Krankheit«, erklärte Ilka. »Mehr steht da nicht.« Sie drückte Lennart einen Computerausdruck in die Hand.

Lennart hasste Terminverschiebungen. Denn seine Form konnte sich allein durch unterschiedliche Tageszeiten verändern. Noch schlimmer aber waren Veränderungen in den Paarungen. Seit Tagen schon hatte Lennart sich im Geiste auf seinen ersten Gegner eingestellt und sein Training besonders auf dessen Stärken und Schwächen abgestimmt. Wenn der nun durch einen anderen ersetzt wurde, waren die vergangenen Tage für die Katz gewesen.

Ilka sah Lennart über die Schulter und deutete mit ihrem Zeigefinger auf die entscheidende Stelle.

»Siehst du? Hier steht es: Dein erster Gegner ist gestrichen und dadurch verschiebt sich der gesamte Plan. Hier ist der neue Gegner für dein erstes Spiel.«

Lennart starrte auf den aktualisierten Wettkampfplan.

Linh fragte Ilka staunend: »Wie hast du das denn rausgekriegt?«

»Ich wollte mir Lennarts Spielzeiten im Kalender eintragen. Da habe ich auf der Internetseite die Änderungen gesehen.«

Die Qualifikationsspiele hatten vor drei Wochen stattgefunden. In wenigen Tagen ging es in die Endrundenspiele, die mit dem Viertelfinale begannen. Wer verlor, schied aus.

Im vergangenen Jahr hatte Lennart die Stadtmeisterschaft gewonnen und er wollte seinen Titel unbedingt verteidigen. Deshalb hatte sich Lennart besonders gut vorbereitet – aber auf einen falschen Gegner, wie er nun feststellen musste. Er las den Namen des neuen Spielers laut vor: »Bodo Baumann«.

»Kennst du den?«, fragte Michael. Er hatte den Namen noch nie gehört.

Lennart grübelte. »Bodo Baumann«, wiederholte er langsam. »Bau-mann ...« Plötzlich hellte sich

sein Gesicht auf. »Ach so, Baumi!«, rief er laut. »Klar! Ich hab schon gegen ihn gespielt. Ich hatte ganz vergessen, dass der Baumann heißt!«

»Wie sind deine Chancen gegen den?«, wollte Michael wissen.

»Fünf Begegnungen – fünf Siege!« Die Antwort kam aus dem Hintergrund. »Lennart hat immer haushoch gewonnen! Ich hab die Ergebnisse schon im Internet nachgesehen«, beantwortete Jabali Michaels Frage, ohne ein Anzeichen der Erschöpfung in seinem Ton.

Keiner seiner vier Freunde zweifelte daran, dass Jabali die Strecke von zu Hause hierher in die Halle gelaufen war. Exakt 4588 Meter, wie Jabali ihnen schon mehrfach mitgeteilt hatte. Dass er von zu Hause kam, erkannten sie auf den ersten Blick an der rollenden Kühltasche, die Jabali hinter sich herzog.

Trotzdem deutete nichts an Jabali auf irgendeine Anstrengung hin. Keine einzige Schweißperle. Keine noch so zarte Errötung, die man allerdings bei seiner dunklen Haut auch kaum erkannt hätte. Lennarts Gesicht war dagegen fast so rot wie das Stirnband, das er meistens beim Spielen trug.

»Pausensnack gefällig?«, fragte Jabali in die Run-

de. Er öffnete seine Kühltasche und überreichte Ilka seine Kreation des Tages. »Tischtenniseis! Bedient euch selbst!«

Michael und Linh ließen sich das nicht zweimal sagen. Sie fischten sich eine runde Waffelplatte, mit dunkler Schokolade umhüllt und mit einem Holzstiel wie ein Schlägergriff versehen, heraus. Sie war mit je einem orangefarbenen und einem weißen Eis-Tischtennisball belegt.

Linh schloss einen Moment ihre Augen und strich mit der Zunge genüsslich über die Kugeln. Jabalis Eiserfindungen waren einfach immer himmlisch.

»Übrigens genau 40 Millimeter Durchmesser, wie die echten Bälle«, bemerkte Jabali.

Manchmal nahm er es sehr genau, dachte Ilka. »Wären es nur 35 Millimeter, würden sie natürlich vollkommen anders schmecken«, frotzelte sie.

»Hauptsache lecker!«, meinte Michael, der sein Eis schon fast verschlungen hatte.

Lennart löste den Blick von dem neuen Spielplan und sagte: »Nichts gegen dein Eis, Jabali, aber jetzt ist Training. Wenn ich eine zu lange Pause einlege, verliere ich den Tisch.«

Linh nickte und stimmte ihm zu, denn sprechen ging nicht. Sie hatte gerade ein großes Stück Waffel

abgebissen. Und obwohl sie ja Lennarts Trainingspartnerin war, wollte sie auf das göttliche Eis auf gar keinen Fall verzichten.

Wie Lennart befürchtet hatte, kam Herr Wittler schon herbeigeeilt. »Was ist jetzt mit Tisch Nummer sieben? Geht's da bald weiter oder gebt ihr ihn ab?«

Herr Wittler war sehr darauf bedacht, dass alle Tische gut ausgelastet waren, damit für die Spieler möglichst wenig Zwangspausen aufgrund fehlender freier Tische entstanden.

»Wir kommen ja schon, sofort«, antwortete Lennart.

»Sofort?«, fragte Linh. »Nee, gleich!« Und machte ihr Ich-liebe-Jabalis-Eis-Gesicht.

Lennart wusste, dagegen hatte er keine Chance.

»Komm, wir beide machen weiter, bis Linh mit Genießen fertig ist«, bot Michael sich an und ging schon mal Richtung Tisch.

Lennart folgte ihm mit dankbarem Blick und auch Linh schien hochzufrieden.

Zwischenfall

Linh war von den vieren mit Abstand Lennarts beste Trainingspartnerin, aber auch das Training mit Michael hatte seine Vorzüge. Michaels Bälle trafen zwar nur selten Lennarts Spielfeldhälfte und sausten stattdessen oft quer in alle Richtungen durch die Halle oder knallten sogar gegen die hohe Hallendecke; aber wenn sie doch mal richtig landeten, dann waren seine Bälle so schräg, ungewöhnlich und unberechenbar, dass sie bestens für Lennarts Reaktionstraining und für die Verbesserung seiner Returns geeignet waren.

»Wurde aber auch Zeit, dass ihr wieder spielt«, bemerkte Herr Wittler im Vorbeigehen. »Wozu tüfteln wir diese Besetzungspläne für die Tische aus, wenn ihr euch nicht daran haltet?«

»Herr Witt...«, wollte Lennart gerade ansetzen, da war der Lehrer schon einige Tische weiter. Diese Geschwindigkeit und Hektik, die er ständig an den

 Tag legte, hatte ihm zu Recht den Spitznamen »das Wiesel« eingebracht.

»Warte kurz hier«, rief Lennart Michael zu, unterbrach das Spiel, legte seinen Schläger auf den Tisch und eilte dem Wiesel ans andere Ende der Halle hinterher.

»Was ist denn nun los?«, wunderte sich Michael. »Erst macht der so einen Alarm und dann haut er ab.«

Lennart wollte nur kurz die Gelegenheit nutzen, zusätzliche Belegungsstunden für einen Tisch in den Plan eintragen zu lassen. Er war im Trainingsfieber. Erst recht, da er sich nun auf einen neuen Gegner einstellen musste. Seine vier Freunde kannten dieses Gefühl. Vor Wettkämpfen wollte man am liebsten nie mehr aufhören zu trainieren.

Deshalb mahnte ihn Herr Wittler auch, während er den Belegungsplan durchsah: »Vergiss nicht, dir genug Pausen zu gönnen! Man kann auch zu viel trainieren! Dann bist du im Wettkampf platt. Dein Körper stärkt sich in den Pausen zwischen den Trainings, nicht im Training selbst. Vergiss das nicht.«

»Ich weiß, ich weiß!«, wiegelte Lennart ab, schau-

te mit seinem Lehrer auf den Plan und entdeckte, wonach er suchte: »Da ist doch eine Lücke für mich!« Lennart zeigte mit dem Finger auf eine freie Stelle.

Unterdessen nutzte Michael die Gelegenheit und tauschte seinen Schläger gegen den von Lennart. Der hatte einen anatomischen Griff, das bedeutete, dass er sich wunderbar an die Hand, die ihn umfasste, anschmiegte. Außerdem hatte er eine ganz besondere Oberfläche. Michael hatte schon oft beobachtet, wie Lennart sie mit einem Spezialreinigungsmittel pflegte. Wenigstens einen Probeaufschlag wollte er mal damit machen. Er legte den Ball auf seinen geöffneten Handteller, warf ihn nahezu senkrecht hoch, verfolgte sein Fallen mit dem Blick, zielte und schlug mit voller Kraft. Zu viel Kraft. Michael hatte als Zehnkämpfer und Kraftsportler davon mehr als genug. Er verfehlte den Ball. Der Schläger knallte mit voller Wucht gegen die Plattenkante. Ein lauter Aufschrei schallte durch die ganze Halle.

Lennart hörte es sofort heraus: Das war Michaels Schrei! Er drehte sich zu ihm und sah, wie Michael sein rechtes Handgelenk mit schmerzverzerrtem Gesicht hielt.

Herr Wittler verzog sein Gesicht zu einem skeptischen Blick: »Was ist denn jetzt passiert?« Und zu Lennart gewandt: »Wieso trainierst du überhaupt mit Michael? Der kann doch gar nicht Tischtennis spielen!«

Lennart war schon auf dem Sprung, um zu sehen, was passiert war, als Michael von ferne abwinkte und ihm zurief: »Nichts passiert! Alles okay!«

Für Herrn Wittler war es keineswegs okay. Mahnend sagte er zu Lennart: »Unsere Trainingszeit vor dem Wettkampf ist zu kostbar, um ausgerechnet jetzt Anfänger wie Michael einzuweisen. Kannst du das nicht nach dem Wettkampf machen?«

»Er hilft nur kurz aus, bis Linh wieder bereit ist«, erklärte Lennart entschuldigend und kam auf sein eigentliches Anliegen zurück: »Ist da jetzt noch was frei für mich?«

Das Wiesel schmunzelte und setzte Lennarts Namen an zwei weiteren Stellen seines Planes ein. »Aber ...«, Herr Wittler pikste seine Bleistiftspitze gegen Lennarts Brust, »du tauchst pünktlich auf, du hältst Jabali mit seinen Eiskübeln von der Halle fern und trainierst nur ernsthaft mit geübten Spielern an dem Tisch.«

»Klar!«, versprach Lennart und ging zurück zu Linh und den anderen. Er sah, wie Ilka Michaels Hand mit einer Spezialsalbe aus ihrem Notfalltäschchen behandelte.

»Was war denn los?«, fragte er Michael. »Wegen dir wäre ich beinahe aus dem Trainingsplan geflogen.«

»Nichts«, versicherte Michael. »Ich bin gegen den Tisch gestoßen!«

Lennart deutete nur ein kurzes Nicken an. Ihm war unbegreiflich, wie man sich, ohne zu spielen, die Hand an einer Tischtennisplatte verletzen konnte.

»Fertig mit deinem Eis?«, fragte er Linh. Lennart spürte, dass Herr Wittler ihn im Visier hatte.

Linh nickte, schluckte den letzten Bissen hinunter. »Und wie! Jetzt werde ich dich von der Platte fegen.«

»Na, dann los«, freute sich Lennart.

Er nahm sich den Ball zum Aufschlag, legte ihn auf seine flache Handfläche, warf ihn hoch und ... erkannte etwas Ungewöhnliches an der Tischkante. Statt den Ball zu schlagen, fing er ihn wieder auf und betrachtete die Stelle genauer. An der vorderen Tischkante sah er deutlich eine

frische Kerbe. Das Ergebnis von Michaels Fehlschlag?

»Oh Mann!«, stöhnte Lennart. »Was hat Michael denn hier gemacht?« Er war sich ziemlich sicher, dass diese Kerbe vorher noch nicht da gewesen war. Zum Glück war sie klein und nur an der Kante. Dort konnte sie den Spielverlauf nicht beeinflussen. Trotzdem! Lennart wusste nicht, was passieren würde, wenn das Wiesel das entdecken würde.

»Was ist denn?«, fragte Linh nach.

»Ach, nichts!«, winkte Lennart ab. Er legte den Ball erneut auf seinen Handteller, warf ihn fast senkrecht nach oben und führte den Aufschlag aus.

Doch statt raffiniert angeschnitten auf Linhs Hälfte zu landen, prallte der Ball direkt nach links ab und flog in hohem Bogen ins Aus.

Lennart sah erst dem Ball verdutzt hinterher und warf dann einen Blick auf seinen Schläger. Als er es entdeckte, blieb ihm fast die Luft weg. Der Belag seines Wettkampfschlägers war eingerissen und das Schlägerholz an dieser Stelle eingedellt! Eine Delle! In seinem Wettkampfschläger! Mit anderen Worten: Totalschaden! Sein teurer, eingespielter

Schläger war nur noch Schrott! In Lennarts Schädel pochte es vor Erregung. Blanke Wut stieg in ihm auf und ließ seinen Kopf roter anlaufen als sein Stirnband.

»Na, geht doch!«, rief das Wiesel ihm im Vorbeilaufen zu und verschwand in der Tür eines Geräteraumes.

Lennart wartete, bis Herr Wittler außer Sichtweite war, dann stampfte er direkt zum Halleneingang. Dort zog Michael sich gerade seine Jacke an und machte sich zum Gehen bereit.

Doch Lennart packte ihn hart am Arm, zog ihn barsch zurück und fauchte ihn an: »Sag mal, hast du einen im Wirsing? Gibt es da oben auch ein bisschen Gehirnmasse, du Hohlkopf?«

Lennarts Nasenspitze berührte fast die von Michael. Michael schaute ihn unschuldig und verständnislos an.

»Sag nicht, du hast die Delle nicht gesehen?« Lennart war außer sich vor Wut und sein Gesicht immer noch rot wie eine Riesentomate.

»Delle?«, fragte Michael und schielte über Lennarts Schulter hinweg zur Tischtennisplatte.

»Ich meine nicht die in der Tischkante!«, stellte Lennart klar. »Das ist schlimm genug! Ich meine

das hier!« Er schob seinen Schläger vor Michaels Nase. »Mein Wettkampfschläger! Kaputt! Schrott! Unbrauchbar!«

»Mann, das war ein Versehen!«, entschuldigte sich Michael.

»Versehen?« Lennarts Stimme überschlug sich geradezu. Er ballte die Fäuste, schnaubte und musste sich aufs Äußerste beherrschen, um Michael nicht an die Gurgel zu gehen.

Ilka stellte sich vorsorglich zwischen die beiden. »Ist es denn so schlimm?«, fragte sie. »Michael ist doch bestimmt versichert und kann dir deinen Schläger ersetzen.« Hoffnungsvoll warf sie Michael einen Blick zu.

Der zuckte mit den Schultern. Er wusste nicht, wogegen seine Eltern ihn alles versichert hatten.

Lennart ließ von Michael ab und schaute niedergeschlagen auf seinen demolierten Schläger. »Den kann man nicht so ohne Weiteres ersetzen«, erklärte er. »Das ist ein Spezialmodell. Den ›Speedball‹ gibt es nur in den USA! Übers Internet. Die Lieferung dauert Wochen! Womit soll ich jetzt ins Turnier gehen? Man wechselt seine Schläger nicht einfach so.«

Ilka begann zu begreifen. Michael biss sich auf

die Lippen. Erst jetzt verstand er, was er da angerichtet hatte.

»Das war's dann wohl mit dem Pokal!«, stöhnte Lennart leise.

Es schien, als hätte er das Turnier verloren, noch bevor es begonnen hatte.

Gesucht und gefunden!

Niedergeschlagen stand Lennart vor der Hallentür. Er wusste nicht, wie es weitergehen und er das Turnier bestreiten sollte. Am liebsten hätte er losgeheult, verkniff es sich aber, obwohl er allein hier draußen vor der Halle stand.

Langsam öffnete sich die schwere Metalltür und Linh guckte vorsichtig heraus. Lennart schaute nur kurz auf und betrachtete dann wieder frustriert seinen Schläger.

Linh wusste auch nicht, wie sie Lennart helfen sollte. Einen neuen Schläger konnte sie ihm nicht besorgen. Aber vielleicht gelang es ihr wenigstens, den Streit zwischen ihm und Michael zu beenden. Sie setzte sich neben Lennart auf einen Mauervorsprung.

»Sobald der Mensch in Zorn gerät, gerät er in Irrtum«, zitierte sie.

Lennart stöhnte. »Deine chinesischen Sprichwörter helfen mir jetzt auch nicht weiter.«

»Japanisch«, korrigierte Linh beiläufig. »Mein Vater hat sich mal um meine Bonsais gekümmert, als wir eine Woche im Trainingslager waren.«

Lennart sah Linh kurz fragend an.

»Er hat es zu gut gemeint und die Bonsais begossen, als wären es Sumpfpflanzen. Mein schönster ist mir eingegangen.«

»Und?«, fragte Lennart.

»Ich habe eine Woche lang kein Wort mit meinem Vater gesprochen. Dann hab ich begriffen: Er hat es nicht besser gewusst.«

»Aha«, sagte Lennart knapp.

»Michael hat es auch gut gemeint ...«

»Gut gemeint? Wieso nimmt der sich einfach meinen Schläger?«, fuhr Lennart dazwischen.

Linh nickte. »Er hatte keine Ahnung, wie wertvoll und wichtig so ein Schläger ist.«

Lennart schüttelte den Kopf. »Aber meine Chancen auf den Sieg sind auf null zusammengeschmolzen. Oder woher soll ich einen Ersatz für meinen Schläger bekommen?«

»Wenn du in einem Loch sitzt, musst du zuerst mit dem Graben aufhören«, zitierte Linh wieder eines ihrer Sprichworte.

Lennart begriff, was Linh damit sagen wollte.

Linh nickte ihm zu. »Ich würde ein Match nicht verloren geben, bevor es überhaupt begonnen hat.«

»Du hast recht«, sah Lennart ein. »Hilfst du mir?«

»Klar!«, versprach Linh und freute sich über seinen neu geweckten Kampfgeist.

Lennart rannte in die Halle zurück. Vor lauter Ärger stand sein Tisch schon wieder eine ganze Zeit leer und er wusste: Diesmal konnte das Wiesel ihm den Trainingstisch ganz entziehen!

Doch zum Glück war Herr Wittler mit anderen Jungs beschäftigt. Schnell kramte Lennart aus seiner Sporttasche einen seiner Trainingsschläger hervor. Er wiegte ihn in der Hand und sprach mit ihm, als ob es ein Lebewesen wäre. »Na, dann wollen wir mal sehen, was du draufhast.«

»Ich?«, fragte Linh, die jetzt bei ihm ankam.

»Du auch!«, lachte Lennart zurück. »Aber ich meinte ihn hier.«

Zur Erklärung hob er seinen Schläger hoch. »Vor zwei Jahren hab ich mit dem mal eine Meisterschaft gewonnen. Bin gespannt, was der noch kann.«

»Ich denke, das hängt von dir ab«, gab Linh zurück.

Sie warf einen Ball in die Luft und eröffnete das Match mit einer raffiniert angeschnittenen Angabe.

Lennart musste sich mächtig nach dem Ball recken, erwischte ihn aber gerade noch. Sein Return landete an der oberen Netzkante, von der der Ball unerreichbar für Linh heruntertropfte.

»'tschuldigung!«, rief Lennart zu ihr rüber. Aber der Punkt gehörte ihm.

Währenddessen hatten sich Michael, Jabali und Ilka zu Hause bei Michael versammelt. Aufgeregt tippte Michael auf der Tastatur seines Computers.

»Vielleicht haben wir ja Glück«, sprach er sich selbst Mut zu. Ihm war eine Idee gekommen, wie er vielleicht doch noch rechtzeitig Lennarts Schläger ersetzen konnte. Es war Michaels einzige Idee und letzte Chance.

»Na komm schon«, redete er mit sich selbst, während Ilka und Jabali ihm über die Schulter schauten und zusahen, wie Michael in das Suchfeld einer Internet-Auktion das Wort »speedball« eintippte.

Und tatsächlich ein Treffer: Es gab einen einzigen Schläger des gesuchten Typs. Und die Auktion endete bereits in fünf Minuten.

»Yeah!«, brüllte Michael. »Den holen wir uns!«

»Du hast einen eigenen Account für die Seite?«,

wunderte sich Ilka. »Da würden meine Eltern austicken!«

»Das ist der Account von meinem Vater«, grinste Michael. »Ich weiß sein Passwort – für den Notfall!«

»Notfall?«, fragte Jabali nach. Was konnte es beim Einkaufen im Internet für Notfälle geben?

»Mein Vater nutzt seinen Computer im Büro nicht für private Zwecke«, erklärte Michael. »Deshalb muss ich manchmal von hier aus für ihn bieten. Und außerdem: Das hier ist wohl ein Notfall. Ich erkläre ihm heute Abend den Kauf des Schlägers.«

»Erst mal müssen wir ihn haben«, wandte Jabali ein.

Noch war der Preis akzeptabel, obwohl Michael zuerst dreimal hatte schlucken müssen. »32 Euro 15 für einen Tischtennisschläger? Ganz schön teuer!«

»Mann!«, klärte Ilka ihn auf. »Normalerweise kostet der umgerechnet fast 60 Euro!« Lennart hatte seinen Schläger ja in den USA gekauft und in Dollar bezahlt.

»Echt?«, wunderte sich Michael. »Für so ein kleines, zerbrechliches Ding aus Holz und Gummi.«

»Hoffentlich wird der nicht noch wesentlich teurer«, betete Jabali. Etwas mehr als 30 Euro waren

machbar, wenn sie alle zusammenlegten. Aber Jabali wusste aus Erfahrung, dass bei solchen Auktionen der Preis oft erst in den letzten Minuten schlagartig anstieg.

Nervös wackelte Michael auf seinem Stuhl hin und her. Jabali kraulte sich im Nacken, wie er es meistens tat, wenn er angestrengt nachdachte.

Noch dreieinhalb Minuten, dann war es entschieden! Und zack! Überboten!

»Mist!«, fluchte Michael und wollte sofort höher bieten.

Doch Ilka hielt ihn zurück. »Warte noch!«

Michael gehorchte, auch wenn es ihm schwerfiel. Es juckte ihm in den Fingern, das Angebot zu erhöhen. Schon einige Male war es ihm passiert, dass er zu spät geboten hatte. Er wollte sich das Angebot auf keinen Fall entgehen lassen. Nicht, dass es ihm letztendlich jemand wegschnappte, der nur 50 Cent mehr bot oder so.

Michael wartete. »Jetzt?«, fragte er.

Ilka schüttelte den Kopf. »Nerven behalten!«

»Oh Mann«, stöhnte Jabali.

»Aber jetzt!« Michael hielt es nicht mehr aus.

»Ich sag dir, wann«, bestimmte Ilka. Kühl sah sie auf den Monitor und wandte den Blick nicht von der

Uhr, die die Sekunden zählte und anzeigte, dass es nur noch 35 Sekunden bis zum Auktionsende waren.

21 Sekunden vor Auktionsschluss rief Ilka: »Jetzt!«

Den Höchstbetrag, der für sie infrage kam, hatte Michael schon vorher eingetippt. Jetzt musste er nur noch klicken. Das Bild auf dem Monitor baute sich neu auf und zeigte an: »Auktion beendet. Herzlichen Glückwunsch. Sie haben den Artikel ersteigert!«

»Jippiee!«, schrie Michael.

Jabali war so begeistert, dass er dem Monitor vor lauter Glück sogar einen Kuss gab!

»Den machst du aber gleich wieder sauber, ja?« Michael drückte ihm augenblicklich ein Spezial-Reinigungstuch in die Hand.

Jabali nahm das Tuch, klopfte aber erst mal Ilka anerkennend auf die Schulter. »Voll das Pokerface, ey!«

Ilka schmunzelte und merkte, wie die Anspannung von ihr abfiel.

Auch Michael lobte sie: »Toll gemacht, Ilka!«

»Ich weiß gar nicht, was ihr alle habt«, grinste Ilka. »So steigere ich immer!«

Aber sie wussten auch, dass sie damit nur den ersten Schritt geschafft hatten.

Noch war ungewiss, wie lange es dauern würde, bis das Geld per Überweisung beim Verkäufer ankam und wie schnell der den Artikel dann per Post versenden würde. Ob der Speedball tatsächlich rechtzeitig zum Turnierbeginn in Lennarts Hand liegen würde, war also alles andere als klar.

Michael bat den Verkäufer per E-Mail sofort um dessen Kontodaten und teilte ihm sicherheitshalber sogar noch seine Handynummer mit.

»Notfalls laufe ich persönlich zum Verkäufer und hole den Schläger dort ab«, bot Jabali sich an.

»Na klar!«, lachte Michael. »Der Verkäufer wohnt ja nur 550 Kilometer von hier entfernt. Am besten, du rennst schon mal los!«

Das Turnier beginnt

Michael saß zwischen Linh und Jabali in der ersten Reihe der Zuschauertribüne in der Stadthalle. Er legte sein Handy nicht aus der Hand und schaute alle paar Minuten aufs Display, als ob es dadurch endlich klingeln würde. Er wartete nun schon seit vier Tagen vergeblich auf eine Nachricht des Verkäufers, der ihm die Kontodaten mitteilen sollte, damit Michael den Schläger bezahlen und der Verkäufer ihn versenden konnte. Aber der hatte sich bislang weder per Handy noch per E-Mail gemeldet. Zweimal schon hatte Michael ihn per Mail angemahnt, auf die Dringlichkeit hingewiesen. Vergeblich. Es herrschte nichts als Funkstille.

»Immer noch nichts?«, fragte Jabali.

Michael schüttelte den Kopf.

»Was ist denn das für ein Typ?«, fragte sich Jabali. »Erst bietet er etwas zum Verkauf und dann meldet er sich nicht.«

»Wenigstens hast du noch nichts bezahlt«, tröstete Linh.

Aber Michael fand, das war ein schwacher Trost. Er wollte seinen Fehler wiedergutmachen und Lennart helfen. Und nun machte die lahme Tröte von Verkäufer ihm einen Strich durch die Rechnung.

»Ihr habt Lennart doch nichts erzählt, oder?«, vergewisserte er sich noch mal. Es sollte schließlich eine Überraschung werden. Und schon gar nicht wollte er bei Lennart falsche Hoffnungen wecken.

Das Turnier war gut besucht. Nur noch vereinzelt gab es freie Plätze. Gleich würde Lennarts erstes Spiel beginnen. Mit seinem Ersatzschläger hatte er noch intensiver trainiert, trotzdem war es fraglich, ob die Zeit genügt hatte, sich an den neuen, alten Schläger zu gewöhnen.

Seine Freunde wussten, wie wichtig dieses Turnier für Lennart war. Und sie ahnten, wie viel schwieriger ein erneuter Turniersieg ohne seinen Speedball werden würde. Jetzt verfolgten sie gespannt seinen ersten Auftritt. Für die Fünf Asse war es selbstverständlich, dass sie sich gegenseitig bei ihren Wettkämpfen unterstützten. Sie hatten rechtzeitig die begehrten Sitzplätze ganz vorne gesi-

chert. Von dort aus konnte man den Spielern fast in die Augen schauen.

Die Augen von Lennarts Gegner glänzten. Er war überraschend gut ins Spiel gekommen und ging zu Beginn des ersten Satzes unerwartet mit 5:2 in Führung. Lennart misslangen dagegen sogar viele Standardschläge. Seine Paradeschläge blieben ganz aus, folglich waren die Punktgewinne mager!

»Der kommt mit seinem Schläger nicht klar«, war Ilka überzeugt.

Worauf Michael sofort wieder einen hoffnungsvollen Blick auf sein Handy warf. Was um alles in der Welt war mit dem Verkäufer los?

»Da!« Ilka zeigte auf Lennart, mochte aber gleichzeitig gar nicht richtig hinsehen. Wieder flutschte Lennart der Ball über die Schlägerkante.

»Den macht Lennart normalerweise im Schlaf!«, regte Ilka sich auf. »So eine lahme Angabe hätte er glatt zurückschmettern können!«

Und so ging es weiter, bis Lennart den ersten Satz mit 6:11 verlor.

Lennart kniff seine Augen zusammen. Gegen Baumi zu verlieren, hätte er sich in seinen schlimmsten Albträumen nicht vorgestellt! Er nahm sich vor, die-

sen Satz als Trainingssatz zu betrachten und abzuhaken.

Auch der zweite Satz verlief nicht gerade glanzvoll, aber immerhin besser als der erste. Was allerdings nicht sonderlich schwer war. So schlecht wie im ersten Satz hatte Lennart in seinem ganzen Leben noch nicht gespielt, war er überzeugt – die Zeit als Baby eingeschlossen!

Im zweiten Satz hielt er fast immer einen Punktegleichstand mit Baumi. Großartige Schläge gelangen ihm auch hier nicht, aber wenigstens ging er am Ende in Führung und gab sie auch nicht mehr ab. Es stand 1:1 nach Sätzen.

»Er fängt sich«, hoffte Michael.

Doch Ilka dämpfte seinen Optimismus, indem sie wiederholte: »Der kommt mit seinem Schläger nicht klar!«

»Ist ja gut«, muffelte Michael. Man musste ihm sein Missgeschick ja nun nicht ständig unter die Nase reiben! »Ich denke, er hat mit dem Schläger schon mal eine Meisterschaft gewonnen?«

Ilka nickte. »Das hat aber nichts zu sagen, wenn du einen Schläger erst einmal ausgemustert und dich an einen neuen gewöhnt hast.«

Jabali schüttelte den Kopf, sagte aber nichts. Er

fand die Abhängigkeit in vielen Sportarten von Technik und Material abstrus. Die meisten seiner Vorbilder waren deshalb äthiopische Langstreckenläufer, die notfalls barfuß liefen und den perfekt ausgestatteten Athleten aus Europa und den USA trotzdem keine Chance ließen. Vielleicht hätte Lennart einfach mal ein paar Monate statt mit einem Tischtennisschläger mit einer Bratpfanne oder so trainieren sollen, um sich nicht von einem Schläger, sondern mehr von seinem Ballgefühl abhängig zu machen. Wenn er daran dachte, wie die meisten Kinder in Brasilien auf den Hinterhöfen Fußball spielten und dann die besten Fußballer der Welt hervorbrachten, war das vielleicht gar keine schlechte Idee. Trotzdem behielt er es für sich, während Lennart wieder einen Schlag versemmelte.

»Oh nein!«, stöhnte Ilka.

Lennart raufte sich die Haare, fluchte leise vor sich hin und schaute wütend in Baumis grinsendes Gesicht. Auch den nächsten Ball zeigte der Schiedsrichter im Aus an. Erneuter Punktverlust für Lennart. Entsetzt ging er auf den Schiedsrichter los und protestierte. Er hatte genau gesehen, dass der Ball die Tischkante noch berührt hatte. Also müsste der Punkt an ihn gehen.

Auch Jabali war sicher, dass der Ball die Kante geschrammt hatte.

Ilka, Linh und Michael stimmten ihm aufgeregt zu.

Baumi sagte nichts. Er hatte es von allen bestimmt am besten gesehen, aber er schwieg.

Der Schiedsrichter wehrte Lennarts Protest mit einem wedelnden Finger ab und forderte ihn mit einer eindeutigen Handbewegung auf, seinen nächsten Aufschlag zu spielen.

»Weiter, Lennart!«, rief Ilka ihm aufmunternd zu. »Jetzt erst recht!«

Nicht ablenken lassen!, ermahnte Lennart sich selbst. Konzentrier dich!

Wie sagte seine Mutter immer? Leg deinen Ärger einfach beiseite. Lennart stellte sich vor, dass er all seine Wut und seinen Ärger in eine Tüte packte, die er Baumi direkt vor die Füße legte. Sollte der doch über seinen Ärger stolpern. Er selbst sicher nicht.

Er stellte sich in Aufschlagposition, beugte sich leicht vor, drehte den Ball in seiner linken Hand, fühlte den Schläger in seiner rechten und spürte, wie er ruhig wurde. Vollkommen ruhig und konzentriert. Er wusste genau, wohin er seinen Aufschlag setzen würde, welchen Drall er dem Ball mitgeben würde.

Pass auf, Baumi!, dachte Lennart. Pass gut auf!

Lennart warf den Ball hoch, verfolgte den Flug mit seinem Blick, bis der Ball zurückkam, auf seinen Schläger tropfte, wo Lennart ihm im exakt richtigen Moment mit einer leichten Drehung aus dem Handgelenk den letzten Effet mit auf den Weg gab.

Der Ball sauste millimeterscharf über die Netzkante, ohne sie aber zu berühren, tippte auf Baumis Hälfte auf und zischte sofort nach links außen ab, sodass Baumi nur noch mit seinem Schläger in den Wind schlug.

»Yeah!«, rief Jabali vor Begeisterung.

»Fliegenfänger!«, grölte Michael Baumi zu.

Linh und Ilka klatschten laut Beifall. »Ein Superschlag!«

»Ja!«, freute sich Lennart. Genauso hatte er es sich vorgestellt. Er spürte, wie das Gefühl für seinen alten Schläger in seinen Arm zurückkehrte. Die Erinnerung an die Meisterschaft, die er mit diesem Schläger einmal geholt hatte, stellte sich langsam wieder ein. Er und der Schläger fanden allmählich wieder zueinander wie zwei Freunde, die sich lange nicht gesehen hatten und nun erneut merkten, was sie füreinander empfanden.

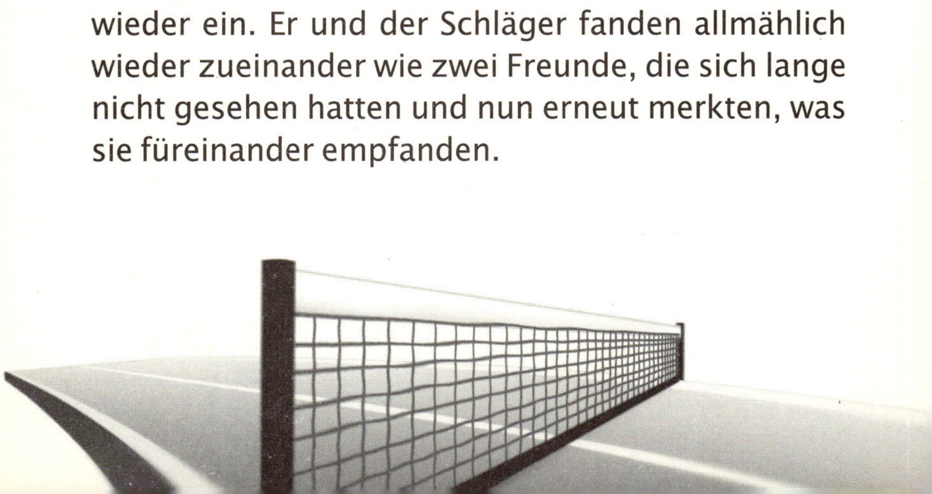

Drei Aufschläge hatte Lennart noch, die er alle souverän verwandelte, ohne dass Baumi auch nur die geringste Chance hatte, den Ball überhaupt zu berühren.

Lennart konnte sich immer besser konzentrieren. Und gewann souverän den dritten Satz. Die Fehlentscheidung des Schiedsrichters war vergessen. Es stand 2:1 nach Sätzen.

Lennart trocknete sich das verschwitzte Gesicht mit einem Handtuch, trank einen großen Schluck aus seiner Wasserflasche.

»Jetzt mach den Sack zu!«, rief Michael.

»Die Sache hast du in der Tasche!«, ergänzte Jabali.

Auch Ilka feuerte Lennart begeistert an.

Nur Linh warnte: »Jetzt nicht übermütig werden, Lennart. Konzentriere dich!«

»Was hast du denn?«, fragte Michael sie verwundert. »Das ist doch jetzt nur noch Formsache.«

»Das ist es im Wettkampf nie, Michael!«, korrigierte Linh.

Lennart und Baumi begaben sich zurück an den Tisch. Lennart brauchte jetzt nur noch diesen einen Gewinnsatz, um das Halbfinale zu erreichen.

Der vierte Satz begann, wie der letzte geendet

hatte. Lennart ging klar in Führung. Doch auch Baumi zeigte Kämpferqualitäten. Dass der Punktestand zwischen ihm und Lennart überhaupt so knapp war, war schon eine kleine Sensation und beflügelte Baumi umso mehr, jetzt auf keinen Fall aufzugeben.

Zwei, drei Schmetterbälle fegten Lennart um die Ohren, mit denen er überhaupt nicht gerechnet hatte, weil er gar nicht wusste, dass Baumi über eine derartige Schlagtechnik verfügte. Doch Baumi war nun bereit, Risiken einzugehen. Er hatte nichts mehr zu verlieren, aber ein Match gegen einen großen Favoriten zu gewinnen. Das machte ihn außerordentlich gefährlich.

»Hab ich doch gesagt«, erinnerte Linh. »Überheblichkeit ist der Anfang vom Ende.«

»Mann, nun nerv nicht«, blaffte Michael sie an. Und dann brüllte er wieder zum Tisch: »Los Lennart. Mach ihn platt!«

Lennart führte mit 10:9. Er hatte Aufschlag, legte den Ball flach auf seine Hand und warf ihn wieder fast senkrecht über sich.

Doch diesmal berührte der Ball das Netz leicht. Ein Netzroller!

Das kann vorkommen, beruhigte Lennart sich selbst. Bei einem Netzroller hat man die Möglich-

keit, den Aufschlag zu wiederholen. Lennart wollte auf keinen Fall riskieren, bei seinem erneuten Aufschlag den Ball womöglich ins Netz zu schlagen. Bei einem weiteren Punktverlust müsste der Satz verlängert werden. Das wollte Lennart möglichst verhindern. Diese Chance, das Spiel mit dem nächsten Punkt für sich zu entscheiden, wollte er unbedingt nutzen. Darum spielte er den Aufschlag so, dass der Ball mit genügend Abstand über das Netz flog. Er landete zwar nicht deutlich auf der gegnerischen Tischhälfte, aber er sprang gut sichtbar für jeden von der Platte direkt ins Aus. Lennart hob die Arme. Geschafft!

Der Schiedsrichter jedoch zeigte den Ball im Aus an!

Lennart konnte es nicht fassen! »Bitte?«, fragte er giftig. »Der war doch noch so viel auf der Platte!« Er spreizte den Daumen und den Zeigefinger seiner linken Hand und zeigte dem Schiedsrichter an, wie viel Platz zwischen Ball und Tischkante geblieben war. »Da passte noch ein ausgewachsenes Walross dazwischen!«

Damit handelte er sich eine Ermahnung ein.

»Den Schiri haben sie doch aus der Blindenschule ausgeliehen!«, empörte sich Michael.

»Nee!«, widersprach Ilka. »Ein Blinder hätte wenigstens gehört, dass der Ball gut war. Aber dieser Schiri merkt ja überhaupt nichts mehr!«

»Wahrscheinlich pfeift der sonst nur Hallenhalma und Eierlaufen!«, ergänzte Jabali.

Lennart versuchte, seine Wut im Zaum zu halten. Er spürte: Mit einem erneuten Protest riskierte er bei diesem Schiedsrichter die sofortige Disqualifikation.

Von der Tribüne ertönten einzelne Pfiffe.

»Lennart, du schaffst das!«, hörte er Ilka rufen.

Und danach ertönte ein ganzer Chor, der wiederholte: »Lennart, du schaffst das! Lennart, du schaffst das!«

Die Entscheidung des Schiedsrichters bedeutete: Es stand nicht 11:9 für Lennart und er ging nicht als Sieger aus der Partie! Stattdessen war das Spiel wieder völlig offen. Auf der Anzeigetafel war es in großen Ziffern zu lesen: Zwischen Lennart und Baumi stand es 10:10! Gleichstand! Wer jetzt zuerst eine Zwei-Punkte-Führung erzielte, würde das Spiel für sich entscheiden.

Niemand hätte vorher mit einem solch knappen Match gegen Baumi gerechnet. Lennart hob den Blick und sah seinem Gegner direkt in die Augen.

Baumi war nervös. Lennart wollte hier am Tisch unbedingt beweisen, dass er allen widrigen Umständen zum Trotz derjenige war, der ins Halbfinale dieses Turniers gehörte. Jetzt wechselte der Aufschlag an Baumi! Erst danach hatte Lennart wieder Aufschlag. Er erkannte an der ganzen Körperhaltung von Baumi, wie nervös er war. Und ihm passierte, was für jeden Spieler in dieser Situation die Höchststrafe war. Baumi verfehlte den Ball komplett. »Pingpingping«, hörte Lennart den Ball auf dem Boden aufschlagen. Ausgleichende Gerechtigkeit!, freute sich Lennart. 11:10 für Lennart! Den Ball, der Baumi neben den Füßen hin und her sprang, konnte selbst der schlechte Schiedsrichter nicht anders werten. Wieder fehlte Lennart nur noch ein einziger Punkt zum Sieg. Diese Chance wollte er nutzen. Die musste er nutzen! Schulbuchmäßig wollte er seinen Aufschlag ausführen. Ohne allzu viel Anschnitt. So viel Sicherheit wie möglich. So viel Risiko wie nötig.

»Lennart, du schaffst das!«

Die Rufe machten ihm erneut Mut.

Lennart atmete einmal tief durch, konzentrierte sich. Drehte den Ball in seiner vor Anspannung schweißnassen Hand.

Jetzt verhau den Ball bloß nicht durch deine Ner-

vositat!, befahl er sich selbst. Aus den Augenwinkeln sah er hinüber zu Baumi, der, von einem Bein aufs andere tippelnd, Lennarts Aufschlag erwartete.

Der ist nervöser als ich, erkannte Lennart. Für Baumi ging es bei diesem Ballwechsel um alles. Ein Fehler und er war draußen. Baumi hatte keine starken Nerven, noch nie gehabt, erinnerte sich Lennart. Mit dieser Gewissheit stieg sein Selbstbewusstsein. Den hab ich im Griff, war er sich sicher. Diesen Sieg lasse ich mir nicht mehr nehmen!

Er führte den Aufschlag exakt und schulmäßig aus. Und das mit hoher Geschwindigkeit. Sogar in dieselbe Ecke wie den letzten.

Baumi war sichtlich überrascht, hatte mit der anderen Ecke gerechnet, schnellte aber zur richtigen Seite, erreichte den Ball auch tatsächlich und schlug ihn mit der gleichen Härte zurück, wie es ihm schon ein paarmal gegen Lennarts Aufschlag gelungen war. Aber diesmal kam Lennarts Aufschlag noch härter, sodass Baumis Return zu viel Effet bekam und mit Karacho im Netz landete. Das konnte kein Schiedsrichter der Welt abstreiten. Auch dieser nicht! 12:10! Geschafft!

Lennart schrie auf vor Erleichterung.

Baumi sackte auf die Knie, fasste sich an den

Kopf und wollte es nicht glauben. Er hatte die einmalige Chance, gegen Lennart zu gewinnen, vertan!

Lennart stand im Halbfinale! Unter dem Jubel seiner Freunde verabschiedete er sich in aller Form vom Schiedsrichter und dachte: Bloß weg hier! Bevor er noch laut aussprach, was er über den Schiedsrichter dachte: Blindfisch! Schlafmütze! Katastrophentyp!

Dann hob er seinen Kopf und sah seinen treuen Fanblock auf den Rängen.

»Super, Lennart!«, jubelten sie ihm zu.

Er winkte mit seinem Schläger und signalisierte, dass er sofort zu ihnen kommen wollte.

Unter Beobachtung

Das Spiel, in dem sein Gegner fürs Halbfinale ermittelt wurde, begann in dieser Minute. Das wollte Lennart sich natürlich zusammen mit den anderen genau anschauen.

Um keine einzige Sekunde zu versäumen, strich er das Duschen und verschob das Umziehen auf die Tribüne. Dort traf er zwei Minuten nach Beginn des Matches ein.

Ilka, Jabali, Michael und Linh empfingen ihn herzlich mit Umarmungen und Schulterklopfen. Lennart bedankte sich, seine Aufmerksamkeit aber galt schon dem Spiel seiner Konkurrenten. Eine weitere Chance, seinen nächsten Gegner unmittelbar vor dem Match beobachten zu können, würde sich nicht bieten. Da wollte Lennart nichts verpassen. Ein Vorteil war: Sein nächster Gegner hatte ihn eben grottenschlecht gesehen. So miserabel würde Lennart kein zweites Mal spielen, weshalb die Beobachtung des Matches

für seinen Gegner nahezu wertlos gewesen sein durfte.

Überhaupt wollte Lennart nie wieder an dieses schlechte Spiel erinnert werden. Er hatte sich vorgenommen, es für immer aus seinem Gedächtnis zu streichen. »Kein Wort mehr über mein Gurken-Katastrophen-Spiel. Abgemacht?«, forderte er deshalb auch sogleich von seinen Freunden. Sein Tonfall ließ keinen Widerspruch zu.

Lennart setzte sich ganz außen neben Ilka. Michael brauchte er heute nicht an seiner Seite. Die Wut über dessen unnötige Aktion, die ihn beinahe den Sieg gekostet hätte, grummelte immer noch in ihm.

In der Partie, die er nun beobachtete, fixierte er besonders den ihm nicht bekannten Spieler auf der linken Seite. Dessen Gegner erkannte Lennart sofort.

»Das ist Kevin«, erklärte er den anderen. »Den kenne ich gut. Dem geb ich keine Chance aufs Weiterkommen.« Er stutzte einen Moment. »Allerdings hätte auch Baumi fast gegen mich gewonnen. Insofern weiß man nie.«

»Und wer ist der andere?«, fragte Linh.

Lennart zog die Schultern hoch. »Den hab ich noch nie gesehen.«

Blitzschnell tauchte er unter, verschwand in seinem Pulli, streckte den Kopf durch die Halsöffnung und peilte die Paarung sofort wieder an. Er wollte keinen einzigen Ballwechsel verpassen.

Das Spiel verlief irgendwie seltsam, fand Lennart. Er wusste nur noch nicht, was daran so ungewöhnlich war. Er beobachtete mal hier einen Flüchtigkeitsfehler, mal dort eine gute Aktion. Ansonsten normale Ballwechsel, nichts Spektakuläres, nichts Außergewöhnliches. Außer vielleicht, dass sich die Flüchtigkeitsfehler bei Kevins Gegner stark häuften. So wie jetzt.

»Was ist das denn für ein Anfängerfehler?«, fuhr es aus der sonst so gefassten Linh heraus. »Der verschenkt einen Punkt, weil er sich während des Ballwechsels auf dem Tisch aufstützt? Und das bei einer Stadtmeisterschaft?«

Kevin lachte triumphierend. Eine sehr unsportliche Geste! Für gewöhnlich freute man sich über eine eigene gute Leistung, aber nicht über Fehler des anderen.

Lennart erkannte sofort anhand der Spielweise des Unbekannten, dass der viel draufhatte. Seine Schlägerführung war sehr fließend, seine Körperbewegungen beneidenswert harmonisch zum Ball.

Ganz im Gegensatz zu Kevins Spielweise, die unkontrolliert und fahrig wirkte. Technisch hatte Kevin wenig zu bieten. Der Spielverlauf allerdings stellte die Fähigkeiten der beiden auf den Kopf.

Lennart zog die Stirn kraus und kaute nachdenklich auf seiner Unterlippe. Irgendetwas Rätselhaftes ging vor sich. Er wusste nur immer noch nicht, was. Auch Ilka neben ihm bemerkte, dass etwas nicht stimmte. »Kevins Gegner ist total abgelenkt, findest du nicht?«, fragte sie Lennart. »Zwischendurch schaut er ganz woandershin. Schon wieder. Hast du gesehen?« Sie stupste Lennart an. »Dort oben! Der Typ schaut ständig irgendwo dort oben auf die Tribüne.«

Aber dort, wo Ilka hinzeigte, konnte Lennart nichts erkennen, was die Aufmerksamkeit von Kevins Gegner hätte auf sich ziehen können. Doch Ilka hatte recht. Kevins Gegner war eindeutig nicht bei der Sache. Und schon wieder: Vom Ansatz her ein glänzend gespielter Schlag, aber im letzten Moment total verzogen, sodass der Ball ins Aus schoss.

Nun führte Kevin mit 8:4. Aber er hatte nicht einen einzigen seiner Punkte gewonnen, sondern sein Gegner hatte sie durch eigene Fehler verloren.

Und so setzte sich das Spiel auch fort, bis Kevin den ersten Satz schließlich mit 11:6 gewann.

Mit ähnlich vielen Flüchtigkeitsfehlern seines verunsicherten Gegners gingen auch die nächsten beiden Sätze an Kevin. Und immer wieder hatte Kevins Gegner irgendwo hoch in die Tribüne geschaut. Aber wohin nur? Was sah er dort? Mehrfach versuchte Lennart, seinem Blick zu folgen, konnte aber auf der voll besetzten Tribüne nicht erkennen, mit wem der Spieler Blickkontakt hatte. Fast alle Zuschauer guckten natürlich gebannt auf das Spiel der beiden Kontrahenten. Aber wen hatte der Verlierer fixiert? 3:0 nach Sätzen. Spielgewinn.

Kevin hatte das Spiel für sich entschieden. Er war also Lennarts nächster Gegner.

Lennart hätte froh sein können, denn Kevin war von den beiden eindeutig der schwächere Spieler.

Und so sah es auch Jabali: »Den putzt du doch locker von der Platte!«

Lennart nickte nur beiläufig. Ihm ging das merkwürdige Verhalten von Kevins Gegner nicht aus dem Kopf. Lennart sah ihm nach. Der Verlierer schüttelte verbittert den Kopf und zog direkt Richtung Ausgang ab. Kevin hingegen hob seinen Schläger triumphierend in die Luft und verabschie-

dete sich vom Schiedsrichter, gegen den man diesmal nichts einwenden konnte. Er hatte das Spiel gut geleitet. Was allerdings auch keine große Kunst war. Die Fehlschläge des Verlierers waren zu offensichtlich gewesen.

»Irgendwie tut er mir leid«, bedauerte Ilka Kevins Gegner.

Jabali zeigte weniger Mitgefühl. »Immerhin hält er vermutlich den Rekord an Flüchtigkeitsfehlern.«

»Eben!«, ergänzte Ilka. »Wer weiß, warum der sich nicht konzentrieren konnte und was dem durch den Kopf gegangen ist?«

»Vielleicht ein falscher Schläger«, überlegte Jabali und handelte sich einen festen Knuff von Michael ein, der froh war, dass das Thema Schläger in Vergessenheit geraten war.

Lennart schien gar nichts mitbekommen zu haben. Er grübelte noch. »So ein Spiel hab ich noch nie gesehen«, sagte er. »Das war doch total komisch.«

»Na, jedenfalls viel Spaß mit Kevin«, wünschte Jabali. »Da bist du quasi schon im Finale!«

Linh warf Jabali einen missmutigen Blick zu. Sie mochte es nicht, wenn man seine Gegner unterschätzte oder abwertend über sie sprach.

 Jabali wusste das und hob sofort entschuldigend die Hände. In dem Moment brummte etwas in Michaels Hosentasche. Michael zog sein Handy heraus und erkannte sofort, wer ihm da eine SMS geschickt hatte: der Verkäufer des Speedball-Schlägers!

»Endlich! Er ist in der Stadt! Deshalb hat er sich bisher nicht gemeldet«, rutschte es ihm raus. »Der ...« Den Rest konnte er sich gerade noch verkneifen. Auch weil Linh ihm geistesgegenwärtig auf den Fuß trat.

»Was, endlich? Wer?«, fragte Lennart.

»Äh ...«, stotterte Michael. Ihm fiel nichts ein.

»Zahnarzttermin!«, schwindelte Jabali.

Lennart schaute Michael skeptisch an. »Wieso freust du dich so über einen Zahnarzttermin?«

Darauf wusste Michael erst recht nichts zu sagen. Etwas Blöderes hätte Jabali wohl nicht einfallen können! Und um sich nicht noch mehr in Lügen zu verstricken, antwortete Michael einfach gar nichts, sprang auf und sagte nur: »Ich muss los!«

Jabali nutzte die Gelegenheit. »Warte, ich komme mit!«

»Zu Michaels Zahnarzt? Wieso das denn?«

Jabali klopfte Lennart kurz auf die Schulter. »Wir sehen uns morgen.«

»Was ist mit denen los?«, wunderte sich Lennart.

»Keine Ahnung!«, schwindelte Ilka. »Aber ich muss jetzt auch weg. Ciao, Lennart.«

»Hä?« Lennart verstand gar nichts mehr. Sein Blick ging zu Linh.

»Und du?«

Linh zog entschuldigend die Schultern hoch. »Meine Bonsais brauchen Wasser, weißt du doch.« Und weg war sie.

Plötzlich saß Lennart allein da. Was für ein merkwürdiger Tag.

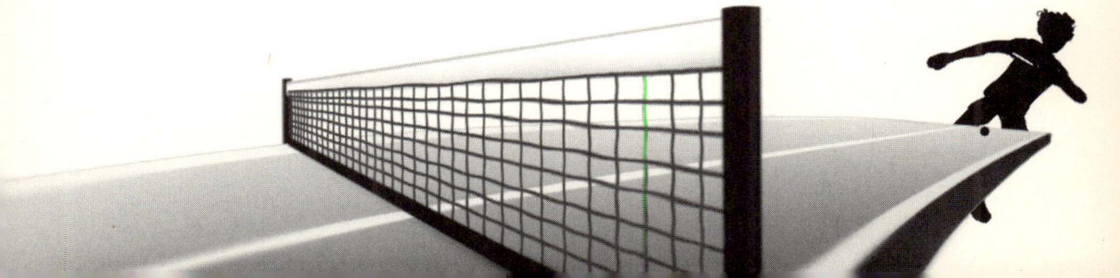

Besuch

Lennart stand allein in seinem Zimmer und rückte seine bisherigen Trophäen auf dem Regal etwas zur Seite. Medaillen und Pokale, Urkunden und kleine Statuen erinnerten ihn an viele Turniere, die er schon gewonnen hatte. Sogar eine Medaille als beste Stadtmannschaft im Rugby war dabei, neben seiner ersten Medaille als bester Spieler eines Basketballturniers. Die meisten Auszeichnungen hatte er in seiner Lieblingssportart errungen: Tischtennis! Obwohl, jedes Mal, wenn Lennart Basketball spielte, wusste er nicht, ob ihm das nicht doch noch besser gefiel als Tischtennis. Jedenfalls hatte er noch nie mit einem kaputten Basketball spielen müssen. Außerdem traf das ja dann alle, die Ballkontakt hatten, und nicht nur einen.

Trotzdem spürte er in diesem Moment deutlich, dass er trotz seines kaputten Schlägers alle Chancen hatte, auch dieses Turnier zu gewinnen. Kevin zu besiegen, dürfte für ihn eigentlich kein Problem

sein. Nicht mal mit seinem Ersatzschläger. Wenn der Schiedsrichter ihm nicht wieder einen Strich durch die Rechnung machte.

Er räumte eine kleine Fläche auf dem Regal frei. Dort könnte der Stadtmeisterschaftspokal einen guten Platz haben, überlegte er schon mal vorsorglich. Dann fragte er sich, ob er vielleicht einen seiner Freunde anrufen sollte. Es war wirklich eigenartig, wie schnell die anderen vier plötzlich aus der Halle verschwunden waren. Als ob sie irgendetwas ausheckten. Bis zu seinem Geburtstag war es aber noch lange hin und so sah Lennart keinen Grund für Geheimnistuereien. Er beließ es bei einem Blick aufs Handy. Seine Freunde konnten sich ja auch bei ihm melden. Er sah gar nicht ein, ihnen hinterherzutelefonieren. Wenn sie nichts mit ihm zu tun haben wollten – bitte sehr! Auch wenn ihm dieser Gedanke einen schmerzhaften Stich ins Herz versetzte.

Um sich von seinen düsteren Gedanken abzulenken, schnappte Lennart sich ein neues Buch, das er sich aus der Bücherei geholt hatte, und legte sich ganz bequem mit vielen Kissen auf sein Bett. Eine große Schüssel Fit-Cracker nach seinem ganz eigenen Rezept hatte er neben sich gestellt. Das

 war sein liebstes Erholungs- und Entspannungsprogramm während Wettkämpfen. So konnte er wunderbar abschalten! Der Abenteuerroman begann auch gleich ganz gut, fand Lennart. Schnell war er in die Lektüre versunken. Als auf Seite 18 der Held das erste Mal in ernsthafte Schwierigkeiten geriet, klingelte es an der Haustür.

Seine Mutter war ein paar Kleinigkeiten einkaufen und sein Vater war noch nicht von der Arbeit zurück. Also blieb ihm nichts anderes übrig, als selbst nachzuschauen, wer es war. Vielleicht wieder ein Bote, der ein Päckchen für den Nachbarn hinterlegen wollte. Leicht verärgert wegen der Unterbrechung legte Lennart sein Buch zur Seite und schlurfte auf Strümpfen über den glatten Parkettboden im Flur zur Tür.

Es klingelte wieder.

»Bin ja schon da. Sekunde!«, rief er und öffnete die Tür.

Vor ihm stand Michael und verdeckte sein Gesicht mit einem Tischtennisschläger. Lennart erkannte das Fabrikat sofort.

»Ein Speedball? Wo hast du den denn aufgetrieben?«

»Nicht fragen, annehmen!«, antwortete Michael

und ließ sein grinsendes Gesicht zum Vorschein kommen.

»Für mich?« Lennart konnte es gar nicht glauben.

»Was dachtest du denn?«, fragte Michael. »Ich kann damit nichts anfangen.«

»Das ... also deshalb ...«, stotterte Lennart.

Langsam begriff er, weshalb seine Freunde so plötzlich aus der Halle verschwunden waren. Das also war Michaels Zahnarzttermin gewesen!

»Mann!«, hauchte er bloß.

»Wie wär's, wenn ich mal reinkomme?«, fragte Michael.

Lennart lachte. »Klar!«

Die beiden gingen in Lennarts Zimmer, wo Lennart endlich den Schläger entgegennahm.

»Wie der nur schon in der Hand liegt!«, schwärmte er. »Das ist doch gleich etwas ganz anderes!«

Einige Male schlug er mit dem Schläger unsichtbare Bälle in die Luft, während Michael mit geschultem Adlerblick sofort die Fit-Cracker entdeckte und sich eine große Handvoll davon in den Mund schob.

»Wo hast du den her?«, wollte Lennart wissen.

»Be-btriebbs-göheimmniss«, versuchte Michael mit vollgestopftem Mund zu antworten, wobei er

eine ganze Ladung von Cracker-Krümeln durch die Gegend spuckte.

»Okay«, sagte Lennart nur. Es war ja auch egal. Hauptsache, der Schläger war da. Damit würde er am nächsten Tag garantiert gewinnen!

Michael hatte endlich heruntergeschluckt. »Ich muss gleich wieder weg«, sagte er und nun konnte man ihn auch wieder verstehen.

»Du bist nur deshalb hergekommen?«, wunderte sich Lennart.

»Wieso nur? Ist doch wohl Ehrensache«, gab Michael zurück.

Lennart hielt die flache Hand hoch. Michael schlug ein.

»Danke!«

Michael lächelte schüchtern. »Gern!«

»Den werde ich beim Warmspielen austesten, aber der fühlt sich schon jetzt super an!«, schwärmte Lennart. Er schaute Michael noch nach, bis er um die Ecke verschwunden war. Dann erst schloss er die Tür hinter sich und nahm den Schläger genauer unter die Lupe.

Michaels Überraschung war gelungen! Nie und nimmer hätte Lennart damit gerechnet, in diesem

Turnier noch an einen Speedball-Schläger zu kommen. Einfach unglaublich! Fantastisch! Jetzt hatte Kevin wirklich keine Chance mehr!

Plötzlich klingelte es noch mal.

Nanu?, wunderte sich Lennart. Hatte Michael etwas vergessen? Oder wollte er sich für den Weg noch schnell eine weitere Handvoll Fit-Cracker mitnehmen? Lennart schmunzelte. Das sähe ihm ähnlich. Er öffnete die Tür und – niemand war da!

Er ging einen Schritt raus und schaute um die Ecke.

»Michael?«, rief er.

Keine Antwort.

Auch Kinder, die sich manchmal mit Klingelstreichen die Zeit vertrieben, waren nicht zu sehen. Aber irgendjemand musste doch geklingelt haben?

Merkwürdig!, dachte Lennart. Er wollte sich gerade umdrehen und zurück ins Haus gehen, als ihn plötzlich von hinten jemand packte und ihm mit dem Arm die Gurgel zudrückte. Lennart konnte nur noch röcheln und begann wie wild zu zappeln. Er wusste überhaupt nicht, was los war. Plötzlich stand noch ein Zweiter vor ihm, der sich eine Strumpfmaske über den Kopf gezogen hatte. Lennart versuchte, um Hilfe zu schreien, aber sein Hin-

termann presste ihm eine Hand auf den Mund. Lennart wollte die Hand abwehren und trat um sich.

Doch der vor ihm hielt ihn fest. »Keine Mätzchen!«, befahl er.

Dabei rutschte ihm der Jackenärmel hoch. Darunter kam eine Tätowierung zum Vorschein: ein Hund mit drei Beinen.

Wieso nur drei Beine? Die Frage schoss Lennart für einen Moment durch den Kopf. Aber nur kurz, denn der Tätowierte riss Lennart am Pulli und zog ihn mit sich. Der Typ hinter ihm umklammerte weiter seinen Hals, stieß ihm ein Knie in den Rücken und schubste ihn vorwärts.

Auf diese Weise stolperten die drei zurück ins Haus. Blitzschnell drückten die Angreifer Lennart gegen die Wand im Flur und schlossen die Haustür hinter sich.

Mist!, dachte Lennart. Räuber! Die würden die Bude leer räumen, ehe seine Mutter zurück war. Fast wünschte er sich, dass seine Mutter zu spät käme, denn sonst könnte es gefährlich für sie werden. Doch seltsamerweise schienen sich die beiden Räuber gar nicht für die Wohnung zu interessieren. Beide blieben bei Lennart und pressten ihn weiter

unsanft gegen die Wand. Auch der Zweite war maskiert, konnte Lennart jetzt erkennen. Allerdings trug der keine Strumpfmaske, sondern eine Wollmütze und eine Art Faschingsmaske, die nur die Augen bedeckte. So ähnlich wie Zorro in den alten Comics seines Vaters.

»Hör zu, Schmalzbacke!«, sagte die Strumpfmaske. »Wenn du willst, dass dir nichts geschieht, dann machst du genau das, was wir dir sagen. Kapiert?«

Lennart nickte vorsichtig mit dem Kopf.

»Sonst bekommst du echte Probleme«, ergänzte die Wollmütze mit einer auffällig piepsenden Stimme.

Lennart hielt jetzt ganz still. Er begriff: Gegenwehr war zwecklos. Die beiden waren deutlich größer und viel stämmiger als er. Sie waren bestimmt schon 16. Im Gegenteil, je ruhiger Lennart wurde, desto mehr lockerte sich der Griff, mit dem er gegen die Wand gedrückt wurde. Aber was wollten sie von ihm?

»Hörst du zu?«, vergewisserte sich die Strumpfmaske.

Lennart nickte und brachte ein heiseres »Ja!« heraus.

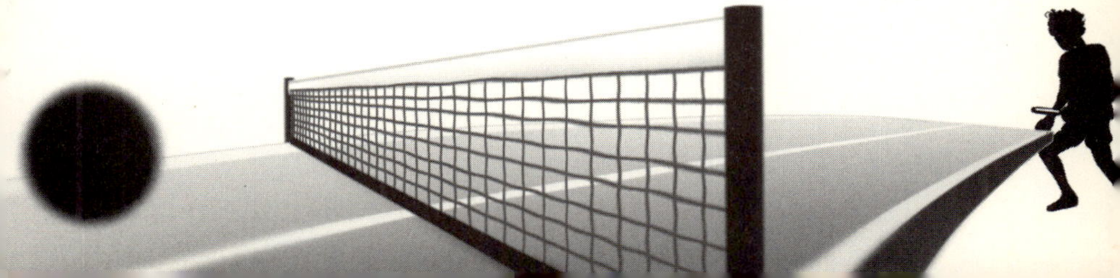

»Morgen gewinnt Kevin, kapiert?«

Lennart benötigte einen Moment, um zu begreifen, worum es ging. Kevin? Gewinnen? Die sprachen von dem Turnier! Die beiden hatten ihn ganz offensichtlich überfallen und bedrohten ihn, nur um über das morgige Tischtennismatch gegen Kevin zu reden! Lennart konnte es nicht glauben.

»Wieso ...?«, begann er und brach ab, weil er eine schmerzhafte Ohrfeige kassierte.

»Wir stellen hier die Fragen, kapiert!«, herrschte die Wollmütze ihn an.

»Aber ...«

Zack! Eine zweite Ohrfeige.

Lennarts Wange brannte. Tränen schossen ihm in die Augen.

»Kapiert?«, wiederholte die tätowierte Strumpfmaske mit noch aggressiverem Ton und schüttelte Lennart an den Schultern.

»Verlieren?«, stotterte Lennart.

»Richtig!«, brummte die Strumpfmaske, verstärkte den Druck auf seine Schultern und quetschte sie dabei noch fester an die Wand.

»Und zu niemandem ein Wort! Zu niemandem! Hast du das verstanden?«, piepste die Wollmütze.

Lennart konnte es nicht fassen. Das waren keine

Räuber. Das mussten irgendwelche Leute von Kevin sein. Warum sonst sollten sie so etwas tun?

Jetzt bedauerte Lennart doch, dass seine Mutter in diesem Moment nicht vom Einkauf nach Hause kam. Oder Michael, der etwas vergessen hatte. Oder noch besser: zufällig beide gleichzeitig!

Aber es kam niemand. Lennart blieb allein mit den beiden vermummten Typen. Sie mussten ihm aufgelauert und ihn beobachtet haben. Wie sonst konnten sie sicher sein, Lennart allein vorzufinden?

Da klopfte es an die Tür. Lennart fiel ein Stein vom Herzen. Vielleicht war das sogar schon sein Vater, der eher als geplant von der Arbeit kam? Aber sein Vater klopfte doch nicht an die eigene Haustür?

»Ey! Sseid ihr ssoweit, ey? Ess wird Zzeit, ey!«, drängelte eine Stimme von außen.

Lennart verstand. Von wegen sein Vater: Draußen stand noch einer von denen!

Die Strumpfmaske nahm endlich die Hände von seinen Schultern und fasste zusammen: »Also! Du weißt Bescheid. Morgen verabschiedest du dich mit einer Niederlage aus dem Turnier!«

»Und vergiss nicht: Wir waren niemals hier! Du hast uns nie gesehen!«, piepste die Wollmütze.

Mit diesen Worten verschwanden die beiden

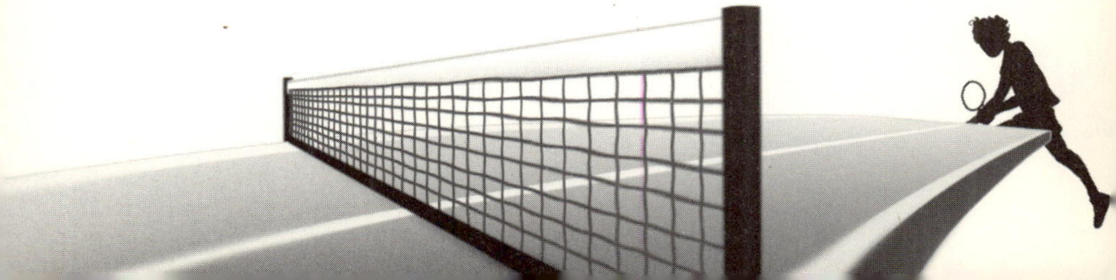

 durch die Haustür wie böse Geister, die nur mal kurz vorbeigeschaut, bei Lennart aber nachhaltigen Eindruck hinterlassen hatten.

Kaum war die Tür hinter den finsteren Gestalten ins Schloss gefallen, merkte Lennart, wie er am ganzen Körper zitterte. Auch seine Hände flatterten. In der einen hielt er immer noch den neuen Schläger. Zum Glück war er unversehrt geblieben. Aber was nützte ihm das, wenn er nun absichtlich sein Spiel verlieren musste?

Lennart grübelte, wer diese Typen gewesen sein mochten. Den Dritten vor der Tür hatte Lennart nur noch sagen hören: »Sseid ihr besscheuert? Wiesso hat denn dass sso lange gedauert? Ich ssteh mir hier die Beine in den Bauch, ey.«

Was hatten sie mit dem Tischtennisturnier zu tun? Warum wollten sie seinen Sieg verhindern? Sosehr er auch darüber nachdachte, ihm fiel keine Antwort ein. Und er wusste auch nicht, was er jetzt tun sollte.

Zu keinem ein Wort, hatten die Typen gefordert. Sollte er sich daran halten? Was würde mit ihm geschehen, wenn er es nicht tat? Darüber mochte Lennart gar nicht nachdenken. Bestimmt schreckten diese Typen vor nichts zurück.

Lennart verzog sich schnell in sein Zimmer, warf sich auf sein Bett, zog sein Handy aus der Tasche und starrte es an. Er musste seine Freunde informieren. Aber was konnten die ausrichten? Auch diesmal hatten die Typen ihn ja überfallen, kaum dass Michael gegangen war. Im Zweifel würde Lennart immer allein mit den Typen zu tun haben. Und seine Eltern? Sollte er denen etwas sagen? Die konnten ihn auch nicht beschützen, dachte Lennart. Er war den ganzen Tag allein, wenn seine Eltern zur Arbeit waren. Genug Zeit für die Typen, ihm aufzulauern und ihn plattzumachen.

Nein, entschied Lennart, zunächst war es das Beste, alles für sich zu behalten.

Er ging ans Fenster und schaute auf die Straße. Keine Spur mehr von den Erpressern. Stattdessen sah er, wie seine Mutter gerade um die Ecke bog und die Auffahrt zur Garage hochfuhr.

Was könnte passieren, wenn ich nicht schweige?, fragte er sich noch mal. Doch die Erinnerung an die Wucht, mit der er an die Wand geschleudert worden war, genügte ihm als Antwort, wie viel Gewalt sie dann wohl anwenden würden.

Als Lennarts Mutter die Tür aufschloss und das Haus betrat, klingelte Lennarts Handy. Ilka war dran.

»Na?«, fragte sie. »War der Weihnachtsmann schon bei dir?«

Für einen Augenblick wusste Lennart überhaupt nicht, was sie meinte. Dann verstand er, dass sie von Michael sprach. Wie er es sich gedacht hatte: Seine vier Freunde hatten gemeinsam die schöne Überraschung für ihn ausgeheckt. Leider wurde Lennarts Freude darüber durch den Überfall mehr als getrübt.

»Hm«, antwortete er nur.

»Nanu?«, wunderte sich Ilka. »Was ist denn los? Ist der Schläger nicht gut?«

»Doch, doch!«, versicherte Lennart schnell. »Der ist super. Danke! Eine tolle Überraschung!«

»Du klingst aber so komisch«, hakte Ilka nach.

»Ist aber nichts«, schwindelte Lennart. Er hatte sich entschieden, die Sache mit dem Überfall erst mal für sich zu behalten.

Ilka blieb skeptisch. »Ich wollte dich nicht stören.«

»Du störst nicht«, beteuerte Lennart wenig glaubhaft. Ilka konnte ja nicht ahnen, dass ihm jetzt überhaupt nicht nach reden war.

Einen Moment war es still zwischen ihnen. Keiner sagte ein Wort.

»Also, dann bis morgen«, beendete Ilka schließlich das Schweigen.

»Bis morgen«, sagte Lennart. Und legte auf.

Morgen! Morgen wäre ihm nichts lieber, als dass ihm niemand beim Spiel zusah. Stattdessen würde er von zwei Seiten unter besonderer Beobachtung stehen. Von der seiner Freunde, die sich mehr als wundern würden, wenn er das Spiel verlor. Und von der Seite des Überfallkommandos, das ihn wieder aufsuchen würde, wenn er gewann. Lennart wusste nicht, für welche Seite er sich entscheiden sollte.

Falsches Spiel

Lennart verrieb das Spezial-Pflegemittel auf seinem neuen Schläger. So machte er es vor jedem Training und ganz besonders sorgfältig vor jedem Turnierspiel. Heute hätte er es sich eigentlich sparen können, denn heute würde er das Spiel ja ohnehin verlieren. Für einen Moment überlegte Lennart sogar, einfach zu Hause zu bleiben. Er hätte eine Grippe vortäuschen können, die ihn über Nacht erwischt hatte und ihn zwang, im Bett zu bleiben. Dann würde Kevin das Spiel kampflos gewinnen und wäre eine Runde weiter.

»Ziemlich unglaubwürdig!«, verwarf Lennart diesen Gedanken. Gegenüber seinen Freunden würde ihm das jedenfalls nicht weiterhelfen. Sie würden ihm einen Krankenbesuch abstatten und ihn mit ihren Fragen ausquetschen. Da konnte Lennart ebenso gut zum Spiel fahren und schauen, ob nicht vielleicht in letzter Minute noch ein Wunder geschah.

Er packte seine Sporttasche so langsam wie nie zuvor. Sonst war er bei Turnieren immer überpünktlich und mochte es gar nicht, kurz davor in Eile zu geraten. Heute war er sehr spät dran und musste sich jetzt sogar plötzlich sputen. Jabali, Michael, Linh und Ilka sollten ihn nicht vermissen und anfangen, unnötige Fragen zu stellen. Also schwang er sich auf sein Mountainbike und düste in rekordverdächtigem Tempo zur Stadthalle. Der große Parkplatz davor war schon fast belegt. Das bedeutete, dass auch heute die Spiele gut besucht sein würden. Unter normalen Umständen hätte Lennart sich darüber gefreut. Heute nicht. Er schloss sein Rad an einen Pfeiler nahe des Eingangs zu den Umkleiden.

Ilka und Linh waren schon da. Sie hatten sich auf halber Strecke getroffen und waren gemeinsam zur Halle gefahren. Linh hatte ein kleines Päckchen dabei.

»Für Lennart?«, fragte Ilka.

Linh nickte. Sie überraschte hin und wieder mit dem Brauch, zu besonderen Anlässen in Teig eingebackene Glücksverse zu verschenken.

Michael hatte sich an diesem Morgen für den Bus entschieden. Von der Bushaltestelle aus konnte er

 beim Aussteigen erkennen, wie Lennart sein Rad anschloss. Michael lief los und rief ihm schon von Weitem zu.

Aber Lennart schien nicht zu hören. Er zog, ohne sich nach Michael umzuschauen, direkt Richtung Umkleiden ab. Hinter ihm sah Michael einen großen, stämmigen Jungen. Mindestens 16 Jahre, schätzte Michael. Es schien, als ob der Typ Lennart folgte. Jedenfalls verschwand er auch im Nebeneingang zu den Umkleiden.

Michael dachte sich eigentlich nichts weiter dabei. Trotzdem fand er es irgendwie seltsam, denn die Spiele der Älteren begannen erst am späten Nachmittag. Daher nahm er sich vor, Lennart später auf den Typen anzusprechen.

Da er selbst in den Umkleiden nichts zu suchen hatte, ging Michael durch den Haupteingang zu den Tribünenplätzen.

Ilka und Linh saßen schon da. Wieder hatten sie Plätze in der ersten Reihe ergattert. Neben ihnen hielten sie die Plätze für Jabali und Michael frei, indem sie ihre Jacken über die benachbarten Sitze gelegt hatten. Michael begrüßte die beiden Mädchen und setzte sich sichtlich zufrieden über deren Platzwahl auf den Sitz neben Ilka. Jabali würde erst

kurz vor Spielbeginn eintreffen. Er hatte heute einen besonders langen Lauf auf seinem Trainingsplan und war bereits seit dem frühen Morgen unterwegs.

»Hast du Lennart schon gesehen?«, fragte Linh. »Hier hat er sich noch nicht blicken lassen.«

Michael erzählte von seiner Beobachtung und dem seltsamen Typen vor der Halle.

»Hmm«, grummelte Ilka, als Michael mit seiner Erzählung fertig war. Dann berichtete sie von ihrem komischen Telefonat mit Lennart am Vorabend. Das wiederum konnte Michael nicht verstehen.

»Ich habe ihm gestern den Schläger gebracht. Da war Lennart total happy. Niedergeschlagen wirkte er überhaupt nicht.«

»Vielleicht ist zwischen deinem Besuch, Michael, und Ilkas Telefonat irgendwas passiert?«, kombinierte Linh. Aber weder sie noch die anderen beiden hatten eine Idee, was das gewesen sein könnte.

»Wir werden ja sehen, wie er gleich im Match drauf ist«, sagte Linh.

Lennarts Gegner Kevin ging schon an den Tisch und begann, sich mit einem Trainingspartner warm zu spielen. Solange der Gegner nicht auftauchte, war das auch erlaubt.

Jetzt waren es nur noch zwei Minuten bis zum Spielbeginn.

»Wirklich seltsam, Lennart kommt sonst doch nie so spät«, wunderte sich Ilka.

Michael nickte. »Außerdem wollte er sich beim Warmspielen noch auf seinen neuen Speedball einstellen.« Langsam wurden er, Ilka und Linh wirklich nervös.

»Da ist er ja!«, rief Ilka. Sie zeigte hinunter auf Lennart, der gerade die Halle betrat – und schnurstracks zu einem kleinen Tisch des Wettkampf-Organisators marschierte, an dem auch Herr Wittler stand. Ein ehrenamtlicher Helfer aus dem ortsansässigen Tischtennisverein reichte ihm ein Formular. Lennart meldete sich mit seiner Unterschrift für den Spieltag an. Dabei würdigte er Herrn Wittler keines Blickes, obwohl er ihn unmöglich übersehen haben konnte. Herr Wittler sprach ihn sogar an, aber Lennart zeigte keine Reaktion.

»Was ist denn mit dem los?«, wunderte sich Ilka.

»Wieso kommt er nicht kurz zu uns rüber und begrüßt uns?«, fragte Linh.

Erst am Spieltisch schaute sich Lennart um und entdeckte die vier. Er hob zum Gruß nur einmal kurz seine rechte Hand mit dem neuen Schläger,

wandte sich dann aber gleich Kevin zu und bedeutete ihm anzufangen.

Kevin aber zuckte nur mit den Schultern, weil der Schiedsrichter noch fehlte.

»Der hat sich nicht mal warm gemacht!«, fiel Michael auf. »Das gibt es doch gar nicht!«

»Irgendwas stimmt da nicht!« Das war für Linh gar keine Frage mehr. »So verhält sich Lennart nicht im Wettkampf. Niemals!«

»Der hat ja nicht einmal richtig zu uns hochgeschaut!« Ilka klang schon ein wenig beleidigt, blickte dann auf Linhs Päckchen mit den Glückskeksen. »Alle Mühe umsonst. Das ist doch echt bescheuert von ihm!«

»Der hat was«, nahm Linh Lennart in Schutz. »Irgendetwas ist passiert. Ich schwör's euch!«

Michael sah die Sache genauso.

Ilka stand auf und sagte: »Ich laufe hinunter und werde versuchen, ihn einfach direkt zu fragen.«

Ilka zwängte sich durch die Sitzreihe zum Gang, lief hinunter, doch vor dem Durchgang zum Innenbereich versperrte ihr ein Junge den Weg. »Ordner« stand auf dem Button, den er stolz auf seiner Brust trug. Über dessen Schulter hinweg sah Ilka, wie

Lennart mit jemandem sprach, den sie noch nie gesehen hatte. Wer war das und woher kannte Lennart ihn? Vielleicht der Typ, der ihm auch in die Umkleiden gefolgt war?

»Hier geht es nicht weiter«, stellte sich der Helfer Ilka in den Weg.

Normalerweise brauchte Ilka nicht viel Zeit, ehe ihr eine passende Erwiderung einfiel. Aber diesmal grübelte sie fieberhaft und suchte nach einer Idee. Gerade noch rechtzeitig hatte sie einen Geistesblitz. Sie griff in ihre Tasche, zog einen Ausweis hervor und sagte: »Ich gehöre zum Team!«

»Zu welchem Team?«, fragte der Ordner.

Ilka spürte, dass ihr Trick im Prinzip funktionierte. Jetzt bloß nicht nachlassen, dachte sie.

»Rate mal«, fuhr sie den Ordner an. »Biathlon, Skispringen oder Tischtennisteam von Lennart?« Ilka zeigte auf Lennart.

»Das Spiel beginnt doch gleich«, wandte der Helfer ein.

Ilka nickte ihm zu. »Deshalb sollten wir hier keine Zeit vertrödeln. Denn ohne meine Nachricht, die ich ihm von seiner kleinen Schwester aus dem Krankenhaus übermitteln soll, fängt Lennart gar nicht erst an.«

Ilka holte einen gefalteten Zettel aus der Tasche und zeigte ihn dem Helfer.

Der drehte sich um und schaute mitleidig zu Lennart. »Wenn das so ist ...«

Er ging einen Schritt beiseite und ließ Ilka passieren. Ilka steckte zufrieden und schnell ihre Monatskarte vom öffentlichen Nahverkehr, die sie als Teamausweis kurz vorgezeigt hatte, und den Zettel mit allen wichtigen Telefonnummern ihrer Freunde und Familie, der als »Nachricht der Schwester« gedient hatte, zurück in die Tasche und ging auf Lennart zu. Im selben Moment erspähte der Typ, der bei Lennart stand, Ilka und machte sofort, dass er wegkam. Auch Lennart entdeckte Ilka nun und schaute schnell hinunter auf den Boden.

Ilka nahm Lennart beiseite: »Wer war denn das?«

»Wer?«

Ilka zupfte Lennart mit spitzen Fingern am Arm: »Ich bin nicht blind und taub! Du weißt genau, wen ich meine.«

»Niemand«, wiegelte Lennart ab. »Der hatte nur einen Hinweis zum Turnierablauf.«

»Und warum haut er dann ab?«, zweifelte Ilka. »Kann es sein, dass hier irgendwas schräg läuft?«

»Nein, wieso? Nichts ist, gar nichts. Alles bes-

tens«, wehrte Lennart die Vermutungen von Ilka ab.

Der Schiedsrichter kam mit Blick auf seine Armbanduhr auf die beiden zu.

»Besser, du gehst jetzt«, empfahl Lennart Ilka.

»Wenn du irgendwie Hilfe brauchst, gib uns ein Zeichen!«, mahnte Ilka. »Dafür sind Freunde da.«

»Alles okay!«

»Lüg nicht!«, sagte Ilka Lennart ins Gesicht. »Nichts ist okay. Du weißt es. Und du weißt auch, dass wir es wissen. Du solltest uns sagen, was los ist.«

Lennart antwortete nicht. Und Ilka kam auch nicht dazu, noch mehr zu sagen. Der Schiedsrichter wies Lennart an, sich spielbereit zu machen, und bedeutete Ilka, jetzt den Innenbereich zu verlassen.

Ilka wusste zwar immer noch nicht, was mit Lennart los war, aber sie war sich nun ganz sicher: Lennart beschäftigte etwas, das er nicht verraten wollte. Aber was konnte das sein? Und was hatte der ältere Junge damit zu tun?

Ilka traf gleichzeitig mit Jabali auf der Tribüne ein und berichtete von dem kurzen, aber alarmierenden Gespräch mit Lennart.

»Ich glaube, der da eben unten bei Lennart war,

ist der gleiche Typ, der Lennart vorhin in die Halle gefolgt ist. Aber wer ist das und was will der?«, wunderte sich Michael.

Jabali freute sich, dass er es pünktlich zum Spielbeginn geschafft hatte, aber verstand nicht ganz, worüber seine Freunde sprachen.

Während Lennarts Spiel begann, erzählte Ilka Jabali schnell die Neuigkeiten. Ihr Blick haftete aber unbeirrt auf dem Geschehen am Spieltisch. Sie beobachtete, wie Lennart das Los für den ersten Aufschlag gewann. Sonst freute sich Lennart immer über diesen kleinen Vorteil am Anfang eines Spieles. Aber heute konnte Ilka kein noch so kleines Zeichen der Freude in seinem Gesicht entdecken.

Nun wandte sie sich an Jabali, Linh und Michael gleichzeitig: »Lennart behauptet zwar, alles sei okay! Aber ich sage euch: Da ist was faul! Und zwar ganz gewaltig. Ich habe nur noch nicht herausbekommen, was es ist.«

Die vier beobachteten jeden Ballwechsel von Lennarts Spiel mit Adleraugen. Aber das brauchten sie gar nicht. Für jedermann war offensichtlich, wie schlecht Lennart spielte. Seine Fehlerquote war so hoch, wie seine Freunde es erst einmal erlebt hat-

ten. Das war an einem Tag, an dem Lennart trotz Fieber, geschwächt von einer Grippe, gespielt hatte.

»Heute hat der doch kein Fieber, oder?«, fragte Michael die anderen.

Ilka verneinte. Sie hatte ja gerade noch mit Lennart gesprochen. Er hatte zwar einen merkwürdiggen, aber keineswegs kranken Eindruck auf sie gemacht.

Lennart gab den ersten und den zweiten Satz ab. Da half es auch nichts, dass er sie beide nur knapp verlor. Entscheidend war, dass Lennart durch seine eigenen Fehler die Punkte abgab und das vollkommen unnötig. Ohne dass sein Gegner einen besonderen Druck auf Lennarts Spiel ausübte. Denn Kevin spielte wie gewohnt bestenfalls mittelmäßig. Unter normalen Umständen hätte Lennart ihn locker von der Platte geputzt.

»Selbst mit seinem Ersatzschläger und gefesselten Füßen!«, wie Jabali meinte.

»Und am Schläger kann es doch nun auch nicht mehr liegen. Er hat doch wieder sein Lieblingsmodell!«, erinnerte Michael.

»Wenn ihr mich fragt«, warf Ilka in die Runde. »Dann verliert er absichtlich!«

»Absicht . . .«, Michael brachte das Wort nicht einmal über die Lippen.

Auch Linh und Jabali starrten Ilka an, als hätte direkt vor ihren Augen der Teufel von ihr Besitz ergriffen.

»Wo ist seine großartige Beinarbeit?«, setzte Ilka nach. »Seht ihn euch an. Sonst tanzt er doch fast. Ich kann davon nichts entdecken. Ihr etwa?«

Linh musste Ilka zustimmen. Sie hatte mit Lennart trainiert und kannte dessen normale Spielweise. Davon konnte sie hier nichts erkennen.

Ilka nickte entschlossen und fasste zusammen: »Krank ist er nicht. Und die Fehler, die er macht, liegen nicht am Schläger!«

Nun stimmte auch Michael ihr zu. Für Lennarts Spiel fand er nur ein Wort: »Nervös! Lennart ist total nervös.«

Auch im dritten Satz ging Kevin mit 3:0 in Führung. In keiner Phase des Spiels zeigte Lennart seine wahren Qualitäten. Stattdessen lieferte er eine katastrophale Vorführung von Fehlern, Fehlschlägen, langsamer Beinarbeit und durchschaubarer Taktik. Es war unübersehbar: Der, der dort spielte, war nicht ihr Freund Lennart, wie sie ihn kannten.

Ilka grübelte noch immer darüber nach, weshalb Lennart so fahrig war. Als er das letzte Mal wegen seines Ersatzschlägers beinahe verloren hätte, da hatte er wenigstens noch Kampfgeist und Willen gezeigt. Diesmal nicht. Lennart wirkte, als ob er vor etwas Angst hatte. Plötzlich schnipste Ilka mit den Fingern. »Das könnte es sein!«

Die anderen sahen sie fragend an.

»Hinter der ganzen Sache könnte eine Erpressung stecken«, vermutete Ilka.

»Erpressung?«, wiederholte Linh.

Jabali stöhnte laut, bevor er fragte: »Wer sollte Lennart denn erpressen? Und warum? Ich meine, hier geht es nicht um eine Boxweltmeisterschaft mit Millionengagen. Das ist ein Jugendturnier im Tischtennis.«

Michael und Linh sahen es genauso. Und doch mussten sie Ilka zustimmen: Eine Erpressung würde Lennarts Verhaltensweisen erklären. Selbst seinen barschen Umgang gegenüber seinen Freunden.

»Bestimmt haben die Erpresser Lennart auch mit was Schlimmem gedroht, sobald er darüber mit jemandem spricht«, befürchtete Ilka.

»Ich habe Lennart noch nie so kühl und abwei-

send erlebt. Könnte sein, dass du recht hast«,
meinte Linh nachdenklich.

»Wir müssen ihm helfen«, stand für Michael sofort fest.

Die Frage war nur, wie?

Notlösung

Betreten sahen die vier Lennarts weiterem Spiel zu. Erpressung! Jedem von ihnen geisterte dieses Wort durch den Kopf. So unglaublich dieser Verdacht auch war, so lieferte er doch die einzig einleuchtende Erklärung für Lennarts merkwürdiges Verhalten. Das Geschehen unten am Tisch wurde plötzlich Nebensache. Jeder der Freunde war in seine eigenen Gedanken versunken.

Auch Jabali sah dem Spiel gar nicht mehr richtig zu. Er grübelte nur darüber nach, wer aus welchem Grunde ein Interesse an einer Erpressung haben könnte. Und plötzlich fiel ihm etwas ein: »Vielleicht wird nicht nur Lennart erpresst. Denkt doch mal, wie Kevin eine Runde weitergekommen ist.«

Ilka schaltete sofort. »Erinnert ihr euch an das seltsame Spiel gestern? Mit dem Flüchtigkeitsfehler-König? Der hat doch auch nicht normal gespielt! Und ständig zur Tribüne geguckt, als ob ihn jemand im Visier hätte. Und direkt nach dem Spiel

hat er nahezu fluchtartig die Halle verlassen. Und jetzt diese seltsame Vorstellung von Lennart! Das passt doch überhaupt nicht zu ihm!«

Die anderen wussten sofort, was Ilka meinte.

»Und Lennarts letztes Spiel ...«, setzte Ilka gerade an, aber Michael ging sofort dazwischen.

»Also ich werde nicht erpresst«, stellte er klar. »Ich habe Lennarts Schläger wirklich nur versehentlich kaputt gemacht.«

Ilka lachte. »Das wissen wir. Aber denkt doch mal an den Schiedsrichter in Lennarts letztem Spiel.«

»Der war doch die totale Katastrophe«, fiel Jabali ein. Dann stutzte er. »Du meinst ...«

Ilka nickte.

Die Vorkommnisse in den anderen Spielen hatten sie bislang nicht beachtet. Sie hatten ihren Blick immer nur auf Lennart gerichtet. Aber je mehr sie darüber nachdachten, desto klarer wurden ihnen mögliche Zusammenhänge.

»Und bis jetzt profitiert nur Kevin davon, oder was meint ihr?«, kombinierte Jabali.

Lennart lag im dritten Satz inzwischen mit 3:6 hinten.

»Aber was hatte Lennarts Spiel gestern mit Kevin

zu tun? Der hatte doch sein eigenes«, überlegte Michael.

»Stimmt«, gab Linh zu. »Aber vielleicht wollte Kevin heute lieber gegen den schwächeren Baumi als gegen Lennart spielen. Dadurch dass Lennart trotz des Schiedsrichters gewonnen hat, hat er Kevin einen Strich durch die Rechnung gemacht.«

»Und vielleicht ist gestern noch irgendwas zwischen Michaels Besuch bei Lennart und Ilkas Anruf passiert. Was es auch war! Lennarts Freude über den neuen Schläger war wie weggeblasen und seine spielerischen Qualitäten genauso. Schaut euch das doch nur an«, sagte Jabali verzweifelt.

»Absichtlich verlieren! Und das in einem Turnier, das ihm so wichtig ist! Wahnsinn!«

So konnte es sein! Kevin versuchte möglicherweise, sich mithilfe der Erpressung bis ins Finale zu mogeln. Der Blick auf die Anzeigentafel bestätigte Jabalis Befürchtung. Kevin war in seinem Spiel nie in Gefahr geraten und führte nach Sätzen auch schon 2:0 und im dritten und möglicherweise entscheidenden Satz bereits mit 8:4.

»Wir haben nicht mehr viel Zeit, wenn wir Lennart helfen wollen«, sagte Jabali.

»Wie können wir Lennart mitten im Spiel sagen, dass wir Bescheid wissen?«, fragte Ilka.

»Und selbst wenn wir es schaffen, heißt es ja noch nicht, dass wir ihn beschützen können. Schließlich wissen wir nicht, wer oder was dahintersteckt«, gab Linh zu bedenken.

»Trotzdem müssen wir es versuchen«, fand Michael. »Noch könnte er diesen Satz drehen und damit das ganze Spiel. Wenn er sich nur trauen würde, in Normalform zu spielen.«

Schon stand es 9:4.

»Wir müssen uns schnell etwas einfallen lassen«, drängte Jabali.

»Aber was?« Michael hibbelte unruhig auf seinem Platz hin und her.

»Das ist es!«, rief er plötzlich. »Ich weiß, wie wir das Turnier unterbrechen können!« Seine Augen leuchteten. »In einer Minute spielt hier niemand mehr, versprochen!«

Aufgeregt sprang er auf.

»Was hast du vor?«, fragte Ilka.

»Und keine Panik aufkommen lassen. Keine Panik!«, rief Michael den anderen noch zu. Dann rannte er los Richtung Treppenhaus.

Die drei schauten ihm ratlos hinterher.

»Hoffentlich macht er keinen Blödsinn!«, sagte Ilka. Aber andererseits war sie froh, dass überhaupt jemand etwas unternahm. Was aber hatte Michael vor?

Jabali zeigte wieder auf die Anzeigetafel. Es stand 10:6 gegen Lennart im dritten Satz. Kevin hatte einen Matchball. Jabali mochte gar nicht hingucken.

Kevin schlug auf. Doch Lennart wehrte die Angabe erfolgreich ab. 10:7.

»Gott sei Dank!«, atmete Jabali erleichtert auf. »So leicht will er sich dann wohl doch nicht geschlagen geben.«

In dem Augenblick dröhnte ein ohrenbetäubender Krach durch die Halle – in Intervallen, erst lang, dann kurz, wieder lang, dann kurz.

Die Alarmsirene der Stadthalle!

»Feuer!«, schrie irgendwo jemand.

»Feuer?«, fragte Jabali entgeistert. »Auch das noch!« Feueralarm während des Turniers! »Wir müssen raus!«

Michael hielt seinen Zeigefinger lange auf Taste 4 seines Handys. Das war die Kurzwahlnummer für Linh. Hoffentlich hört sie ihr Handy überhaupt in diesem Getöse, dachte Michael. Er hätte seine

Freunde doch besser in seinen Plan einweihen sollen. Aber es hatte alles so schnell gehen müssen. Und bis Michael den nächstliegenden Alarmkasten geöffnet und den Alarmknopf gedrückt hatte, war schon viel wertvolle Zeit vergangen. Der Alarm war auf die Sekunde gerade noch rechtzeitig ertönt, bevor Lennart sein Spiel verloren hätte.

Die ersten Menschenmassen drängten zum Ausgang und damit Michael entgegen, der zurück Richtung Hallenmitte laufen wollte, um endlich an Lennart heranzukommen. Aber das wurde immer schwieriger. Die Gänge füllten sich. Zu der Sirene kam nun noch der Lärm der Menschen hinzu. Linh hörte ihr Telefon offenbar nicht. Sie nahm nicht ab.

»Autsch!«, quiekte Michael auf. Ein spitzer Ellenbogen hatte ihn in die Seite getroffen.

Dann endlich meldete sich Linh: »Michael, wo bist du?«

Von allen Seiten übertönten sie Geräusche. Michael konnte nichts mehr verstehen.

»Linh? Linh!«, brüllte er ins Telefon. Er musste aufpassen, dass ihm in dem Gedränge nicht versehentlich das Handy aus der Hand geschlagen wurde. In dem engen Gewühl wäre es unmöglich gewesen, auf dem Boden danach zu suchen.

»Michael! Hallo?« Linh war wieder in der Leitung.

»Ich habe doch versprochen, dass hier gleich niemand mehr spielt«, brüllte Michael, stolz auf seine Aktion, ins Telefon.

»Du hast . . .?« Linh wagte nicht einmal, es auszusprechen. Tat es dann aber doch: »Du hast den Alarm ausgelöst?«

Ilka und Jabali hatten Linhs Worte mitgehört. Erstaunt sahen sie sich an.

»Wir müssen Lennart Bescheid geben«, schrie Michael in sein Handy. »Könnt ihr ihn noch sehen? Ich nicht. Ist er noch in der Halle? Sag schon! Ist er noch da?«

Michael sah nur fremde Gesichter. Wie sollte er Lennart hier finden?

»Lennart! Lennart«, rief er und reckte suchend seinen Hals. Endlich hatte er ihn entdeckt, genauer: dessen rotes Stirnband. Dort! Er unterbrach das Gespräch mit Linh und rief: »Lennart!« Er war doch ganz nah, wieso hörte er ihn nicht? »Lennart! Hier!«

Michael winkte ihm mit ausgestrecktem Arm zu. Aber zwischen ihm und Lennart drängelten andere, die wie ein reißender Fluss Richtung Ausgang trieben.

»Lennart, hier bin ich!«, schrie er, so laut er

konnte. Lennart musste ihn doch gehört haben! Doch der zeigte keine Reaktion. Plötzlich sah Michael noch jemanden mit einem roten Stirnband. Hatte Michael ihn verwechselt? Sein Blick fuhr zurück zu dem Ersten mit dem Stirnband, doch der war nun in der Menge untergetaucht und nicht mehr zu sehen. Erneut rief er Linh an und fragte, ob einer von ihnen Lennart gesehen hatte.

Linh verneinte. »Unmöglich, hier jemanden zu entdecken.«

Jabali widersprach. Er hatte Lennart nicht aus den Augen gelassen.

»Zum Nebenausgang, Richtung Umkleiden!«, brüllte er gegen den Lärm an. Er hatte sich noch gewundert, weshalb Lennart nicht sofort, nachdem die Sirene losgegangen war, zumindest versucht hatte, Blickkontakt mit ihnen aufzunehmen. Stattdessen war er, ohne sich nach seinen Freunden umzuschauen, direkt Richtung Umkleiden abgezogen. Jabali war sich sicher, Lennart rannte vor ihnen weg.

Noch immer kreischte die Sirene durch die Halle.

Wieso stellt die nicht mal wer ab?, fragte sich Ilka.

»Wir müssen versuchen, ihn einzukreisen und

 abzufangen«, schlug Jabali vor. »Wir müssen ihm sagen, dass wir zu ihm stehen.«

»Hast du gehört, Michael?«, fragte Linh per Handy bei Michael nach, während sie sich schon den Weg zu den Umkleiden bahnte. Dabei kam ihr zugute, dass sie so klein und schmächtig war. Dort, wo es für so einen breiten, muskulösen Typ wie Michael kein Durchkommen gab, wieselte Linh geschmeidig durch die Menschentrauben, ohne dass es überhaupt jemand richtig mitbekam. Aber Michael antwortete nicht mehr.

Von draußen waren schon Feuerwehrwagen zu hören. Aus den Hallenlautsprechern ertönte die Aufforderung: »Bitte bewahren Sie Ruhe! Begeben Sie sich draußen zum Sammelplatz und warten Sie dort weitere Anweisungen ab.«

Lennart hatte sich kurzzeitig in einer Kammer versteckt, in der Netze, Bälle und andere Zubehörteile aufbewahrt wurden, und überlegte, was er seinen Freunden sagen sollte, wenn er ihnen draußen über den Weg lief. Welche Ausrede für sein schlechtes Spiel würden sie ihm abnehmen? Er wusste, ihm blieb nicht viel Zeit zum Überlegen. Gleich musste auch er raus.

»Lennart! Lennart! Bist du hier?«, hörte er Micha-

el rufen. Und gleich darauf auch Ilkas Stimme. Sie waren ihm gefolgt und hatten ihn entdeckt, stellte Lennart erschrocken fest.

»Wir wissen Bescheid!«, rief Ilka, ohne zu wissen, wo Lennart steckte.

»Du brauchst keine Angst zu haben. Wir helfen dir!«, hörte Lennart Jabalis Stimme aus einer anderen Richtung.

Linh öffnete die Kammertür und steckte nur ihren Kopf rein. »Hey, da bist du ja!«

Lennart wusste nicht, wo er hinschauen sollte. Jedenfalls nicht in Linhs Augen! In diesem Moment spürte er noch deutlicher, wie verkehrt es war, sich vor den eigenen Freunden zu verstecken.

Linh streckte ihm ein kleines Päckchen entgegen. »Das wollte ich dir schon zum Spielbeginn geben.«

Lennarts Blick blieb auf dem Päckchen haften. Er ahnte, was drin war.

Nun kamen auch die anderen in die Kammer. Als Erstes Jabali. »Lennart, wir wissen, du steckst in der Klemme und wirst bedroht.«

Lennart schwieg.

»Falls du dein Spiel verlieren sollst, dann ist das Erpressung!«, brachte es Ilka auf den Punkt.

»Und das ist eine riesige Gemeinheit und fieser Betrug«, ergänzte Linh.

Lennart schaute immer noch nur auf das Päckchen.

»Wir müssen jetzt auch raus, die ganze Halle wird evakuiert!«, sagte Michael.

»Wo brennt es denn?«, fragte Lennart.

Michael grinste ihn an. »Nirgends!«

Dann erzählte er Lennart, weshalb er den Feueralarm ausgelöst hatte.

»Meinetwegen?«, wunderte sich Lennart.

Michael nickte. »Noch hast du die Chance, das Spiel zu drehen. Wenn das kein Notfall war!«

»Mann!«, hauchte Lennart. »Das ist verboten und wird schwer bestraft!«

»Erpressung auch«, konterte Michael. »Außerdem weiß ja niemand, dass ich es war.«

»Wenn wir jetzt nicht auch ins Freie gehen, könnte man aber schnell darauf kommen, dass es einer von uns war«, warf Ilka ein.

»Also los! Beeilung!« Michael stupste Lennart an.

Lennart nahm das Päckchen und verließ zusammen mit den anderen die Kammer.

»Bestimmt warten die Typen auf mich«, sagte

Lennart endlich. Seine Schritte waren auffällig zögerlich.

»Wir haben also recht: Du wirst bedroht?«, hakte Ilka nach.

»Ich kriege Probleme, wenn ich dieses Spiel gewinne! Ich soll es verlieren!«

»Das müssen wir unbedingt der Turnierleitung melden!«, fand Linh.

»Wer glaubt uns das denn? Wir haben keine Beweise!«, widersprach ihr Jabali. »Oder hast du Beweise?«, fragte er Lennart.

Der schüttelte nur den Kopf. Auf dem gefüllten Vorplatz angekommen, traute er sich kaum, ihn zu heben. Immer noch steckte ihm die Angst in den Knochen, dass die Erpresser ihn entdeckten und erneut versuchen würden, ihn an ihre Forderung zu erinnern.

»Wenn das Turnier nach dem Alarm fortgesetzt wird, musst du auf jeden Fall dein Spiel spielen«, forderte Michael. »Du kannst den Rückstand doch noch aufholen?«

»Mensch, Kevin hat schon Matchball«, erinnerte Ilka. Da war es selbst für einen Lennart keine Leichtigkeit, mal eben so die Matchbälle abzuwehren, den dritten Satz noch zu gewinnen und danach

 zwei Sätze Rückstand aufzuholen. »Das ist kaum zu schaffen.«

»Das schafft er!«, war Michael überzeugt. Allerdings hatte Michael auch nicht die geringste Ahnung vom Tischtennis. Deshalb vergewisserte er sich schnell bei Lennart. »Oder? Das schaffst du doch noch?«

Lennart zuckte mit den Schultern. »Unter normalen Umständen könnte ich es zumindest versuchen.«

»Was heißt denn *normale Umstände*?«, regte Michael sich auf. »Nun vergiss mal die Erpresser. Wir werden dir helfen und dich schützen. Niemand wird dir was tun können.«

»Scherzkeks!«, antwortete Lennart. »Wie willst du das denn anstellen?«

Michael schwieg. Lennart hatte recht. Sein Versprechen war zu vollmundig gewesen. Sie wussten ja nicht einmal, wer hinter der Erpressung steckte.

»Ihr könnt mich nicht beschützen«, stellte Lennart klar.

»Trotzdem«, mischte sich nun Linh ein. »Michael hat recht: Wenn du heute verlierst, dann sind die Erpresser die Sieger! Das dürfen wir nicht zulassen. Und auch du darfst es nicht zulassen!«

Sie tippte ihm mit dem Zeigefinger entschlossen gegen die Brust.

Lennart atmete tief durch und seufzte. Er stimmte seinen Freunden ja zu. Theoretisch. Und wenn es einen anderen aus ihrer Gruppe getroffen hätte, hätte er genauso gesprochen. Aber wenn man selbst bedroht wurde, sah die Sache schon anders aus.

»Wir können dich vielleicht nicht beschützen«, räumte Michael ein. »Aber wir können uns den Erpressern gemeinsam in den Weg stellen.«

Ilka, Jabali und Linh nickten heftig.

»Wenn sie dir etwas antun wollen, müssen sie uns allen etwas antun«, rief Jabali feierlich aus. »Dann haben sie es schon mit fünf Gegnern zu tun.«

»Und zwei davon sind nicht gerade die Schwächsten.« Ilka zeigte lachend auf Michael, der als Zehnkämpfer außerordentlich kräftig und muskulös war, und Linh, deren Kampfsportqualitäten alle kannten.

Lennart tat es gut zu wissen, solche verlässlichen Freunde zu haben. Ein leichtes Lächeln huschte über seine Lippen. Dann nickte er zögerlich und versprach schließlich: »Okay. Ich werde mein Spiel machen!«

Seine vier Freunde brachen in Jubel aus.

»Bitte Ruhe bewahren!«, dröhnte es aus der Lautsprecheranlage. »Die Ursache des Alarms konnte noch nicht ausfindig gemacht werden! Bleiben Sie bitte so lange auf dem Sammelplatz, bis wir Entwarnung geben können!«

Es folgten ein paar Töne, die man nicht mehr verstehen konnte. Vermutlich waren es Zwischenmeldungen der Feuerwehrleute, die immer noch systematisch nach einer Feuerquelle suchten.

Die fünf versuchten, sich nichts anmerken zu lassen. Sie waren ja die Einzigen, die wussten, dass kein Feuer den Alarm ausgelöst hatte.

Hilfe

»Sind die Typen, die dich bedrohen, auch in der Halle gewesen?«, fragte Jabali, während sie immer noch draußen auf dem Sammelplatz verharrten und auf die Durchsage warteten, wie es nun weitergehen sollte.

Lennart zuckte mit den Schultern. »Vermutlich. Aber ich weiß nicht, wie sie aussehen. Nur dass sie ziemlich kräftig waren. Und mindestens sechzehn. Die hatten Masken zur Tarnung aufgesetzt und Mützen. Ich weiß nur, dass bei einem schwarze Locken darunter hervorgeschaut haben.«

»Na prima!«, entfuhr es Jabali »Die habe ich auch.«

»Ja«, sagte Lennart. »Aber die Typen hatten keine dunkle Haut wie du.«

»Ach«, setzte Jabali nach. »Du hast also ihre Haut gesehen?«

»Ein Stück vom Arm«, fiel Lennart ein. »Der eine hatte dort eine Tätowierung.«

»Super!«, freute sich Linh. »Das ist doch schon mal was. Was war es denn für eine? Ein Drache, ein Tiger, ein Hund oder ein Herz?« Sie fand, dass die meisten Leute sich immer die gleichen Motive tätowieren ließen.

»Ja, genau! Ein Hund!«, bestätigte Lennart. Langsam erinnerte er sich wieder an Einzelheiten. Die ganze Zeit über hatte er versucht, sie so weit wie möglich aus seinem Kopf zu verdrängen. Viel zu viel Angst kam jedes Mal hoch, wenn er an die Typen dachte.

Linh war ein bisschen stolz auf ihre Spürnase. »Hätte mich auch gewundert, wenn es mal eine andere Tätowierung gewesen wäre!«

»War es auch!«, erzählte Lennart. »Der Hund hatte nämlich nur drei Beine! Darüber hatte ich mich noch gewundert.«

»Drei Beine? Was für eine merkwürdige Tätowierung«, bemerkte Ilka. »Ob das eine Bedeutung hat?«

»Haben die Typen auch etwas gesagt?«, fragte Jabali nach.

Lennart versuchte, sich so gut es ging zu erinnern. »Ich weiß nur noch, dass der zweite wie ein Vogel gepiepst hat, so schrill war seine Stimme.«

»Ein dreibeiniger Hund und eine Vogelstimme«, fasste Michael kopfschüttelnd zusammen.

»Da war noch ein Dritter beim Überfall dabei«, ergänzte Lennart. »Der hat Wache geschoben vor der Haustür. Aber den habe ich nicht gesehen! Nur gehört. Irgendetwas war an dem auch komisch.«

Lennart grübelte, was es war, das ihm so seltsam vorgekommen sein mochte. Er war ja viel zu sehr mit seiner Angst beschäftigt gewesen und hatte den Dritten mehr beiläufig gehört. Und doch war ihm etwas an ihm aufgefallen. Und zwar ...

Da quäkte es wieder durch die Lautsprecher: »Achtung! Achtung! Die Einsatzleitung teilt mit: Entwarnung! Dieser Alarm war ein Fehlalarm. Das Objekt kann ohne Einschränkung wieder betreten werden. Die Turnierleitung hat entschieden, das Turnier fortzusetzen. Ich wiederhole: Achtung! Achtung! ...« Durch die mangelnde Qualität der Lautsprecher wurden die S-Laute bei der Durchsage knarzend verzerrt.

Die ersten Zuschauer eilten schon zurück auf die Plätze.

»Was heißt komisch?«, hakte Ilka nach.

Lennart schnippte mit den Fingern. »Das ist es!«

»Was?«

»Die S-Laute!«, antwortete Lennart. »Der Dritte hat die S-Laute so komisch gesprochen. Irgendwie so lang gezogen. Wie vielleicht eine Schlange im Comic sprechen würde.«

»Eine Comic-Schlange?«, fragte Ilka nach. Hatte sie das gerade richtig verstanden?

Lennart nickte heftig. »Ja. So zischend. Als würde man die Worte mit zwei oder drei S schreiben.«

»Sso?«, versuchte Ilka das Sprechen nachzuahmen.

»Ja!«, bestätigte Lennart. »Genau so!«

Aus dem Lautsprecher ertönte: »Das Turnier wird in wenigen Minuten fortgesetzt, bitte nehmen Sie Ihre Plätze wieder ein.«

Lennart hob den Zeigefinger in die Höhe. »Hört ihr? Bei den Lautsprechern ist es so ähnlich. Verzerrte S-Laute! So hat er gesprochen. Und der Typ, der mich vor dem Spiel angesprochen hat, auch!«

»Was wollte der von dir?«, fragte Ilka.

»Der hat nur einen einzigen Satz gesagt«, berichtete Lennart. »Und zwar: *Manchmal ... isst ess bessser zzu verlieren*. Das war eine letzte Warnung. Das war der Typ, der bei mir vor der Haustür Schmiere gestanden hat!«

Ilka schaute sich in der Halle um. »Unmöglich,

den in diesem Gewusel wiederzufinden. So ein Mist!«

»Also!«, sagte Jabali und klopfte Lennart freundschaftlich auf die Schulter. »Jetzt geht erst mal dein Spiel weiter. Zeig, was du draufhast. Dann werden die Erpresser schon aus ihren Verstecken kommen. Sie müssen ja irgendwie reagieren.«

»Ja, indem sie mich schnappen«, unterbrach Lennart kleinlaut.

Jabali schüttelte den Kopf. »Das warten wir mal ab. Erst musst du versuchen, das Spiel doch noch zu gewinnen, und dann besprechen wir die weiteren Schritte. Einverstanden?«

Es stand 7:10 im dritten Satz für seinen Gegner, als das Spiel unterbrochen werden musste. Die ersten beiden Sätze hatte Lennart verloren. Kevin hatte noch zwei Matchbälle. Jetzt kam es also darauf an, keinen weiteren Punkt zu verschenken und den Rückstand so schnell wie möglich in eine Führung zu verwandeln. Eigentlich wusste Lennart, dass er mehr konnte als sein Gegner. Aber ob er das auch unter dieser Nervenanspannung zeigen konnte? Er musste den dritten Satz für sich entscheiden! Und dann zwei weitere Sätze gewinnen.

Lennart vermutete, dass der Junge, der ihn un-

mittelbar vor dem Spiel an die Forderung zu verlieren erinnert hatte, bestimmt wieder auf der Tribüne saß. Auch die anderen Typen, die ihn bedroht hatten, wähnte er ganz in seiner Nähe.

Lennart vermied es, zur Tribüne hochzuschauen. Er hielt seinen Blick auf den Boden gerichtet, sah auf den Tisch, den Schiedsrichter, Kevin und den Ball. Aber nicht in den Tribünenbereich. Und stellte sich vor, die Erpresser seien Luft. Einfach nur Luft. So ließ er sie zumindest in seiner Fantasie verschwinden.

Zum Glück hatte er selbst Aufschlag. Lennart legte seine ganze Konzentration, aber auch seine Wut über die Erpressung in diesen Aufschlag, schnitt den Ball geschickt an, wie er es schon die ganze Zeit über getan hätte, wenn er frei hätte aufspielen können. Der Ball sauste übers Netz, schlug unmittelbar vor Kevin auf die Platte und prallte gegen dessen Körper. So schnell konnte Kevin sich gar nicht zur Seite wegbewegen, da war er den ersten von zwei Matchbällen schon los.

»Ja!«, schrien Ilka, Linh, Jabali und Michael wie aus einem Munde vor Begeisterung und feuerten ihn sofort an.

»Lennart! Lennart!«

Kevin warf Lennart den Ball für dessen nächsten Aufschlag zu und sah finster hinüber. Lennart blickte eiskalt zurück. Kevin begriff, was Lennart ihm mit diesem Blick verdeutlichen wollte: Verrechnet, mein Junge! Jetzt zeige ich dir, wer ins Finale der Stadtmeisterschaft gehört!

Lennart hörte die Anfeuerungsrufe seiner Freunde, die ihm einen zusätzlichen Push gaben. Er spielte den Ball. Diesmal aber traf er ihn nicht optimal, sodass der Ball leicht nach außen wegeierte. So langsam, dass Kevin ihn erwischte und einen Return spielen konnte. Allerdings zu lasch für Lennart, der sich beweglich in Position stellte und mit einem Schmetterball antwortete. Der Ball schoss Kevin wie eine Gewehrkugel entgegen. Es hätte nicht viel gefehlt und Kevin wäre vor Schreck unter den Tisch in Deckung gesprungen. Der zweite Matchball war abgewehrt.

Michael und die anderen drei hielt nichts mehr auf den Sitzen. Begeistert sprangen sie auf. Genau so wollten sie Lennart sehen.

Lennart war auf dem besten Wege, sich in Rage zu spielen. Er feuerte Kevin die Bälle nur so um die Ohren wie eine zu stark eingestellte Ballmaschine, die niemand mehr kontrollieren konnte.

In kürzester Zeit stand es 11:10 für Lennart. Nun hatte er einen Matchball.

»Überleg gut, was du tust«, zischte Kevin ihm wütend entgegen.

»Tu ich«, versicherte Lennart. »Ich spiele den Ball jetzt an deiner rechten Seite vorbei.«

Und genau das tat er. Allerdings so schnell, dass Kevin nicht die geringste Chance hatte, den Ball zu erwischen.

»Gewonnen!«, jubelte Michael. Er sprang auf und ab wie ein Gummiball. Linh und Ilka umarmten sich. Und Jabali machte die Siegerfaust.

Nach Sätzen stand es nun 2:1 für Kevin. Doch Kevin wirkte alles andere als siegesgewiss. Wie ein Häufchen Elend stand er da und wusste nicht, wie er auf Lennarts plötzliche Auferstehung reagieren sollte.

Lennart war zurück im Spiel und strahlte höchste Konzentration aus. Er konnte es gar nicht abwarten, dass der vierte Satz begann. Ganz im Gegensatz zu Kevin, der nervös zu seinem Handtuch griff, sich den Schweiß abtupfte, einen Schluck Wasser trank, sich wieder den Schweiß abtupfte und wieder etwas trank.

Die ersten Pfiffe gellten durch die Halle. Es sollte

endlich weitergehen, verlangten die Zuschauer. Der Schiedsrichter gab Kevin ein Zeichen, dass er sich spielbereit zeigen sollte. Zögerlich kam Kevin der Aufforderung nach. Er hatte Aufschlag. Aber das nützte ihm nichts. Lennart parierte jede Angabe mit einem starken Return und Kevin verlor Punkt um Punkt. Seine Überlegenheit war nun unübersehbar. Für alle. Und damit auch für die Erpresser.

Plötzlich packte Lennart erneut die Angst. Was würde geschehen, wenn er das Spiel gewann? Wie würden die Erpresser auf seinen Sieg reagieren? Er spürte, wie ihm die Unsicherheit in den Körper kroch. Die Beine wurden schwer wie Blei, von Beintechnik war nichts mehr zu sehen. Die Hand und der Schläger waren keine Partner mehr, wie es das Wiesel immer predigte. Ganz im Gegenteil: Der Schläger tat nicht mehr, was Lennarts Hand wollte. Und auch sein Gehirn schien wie ausgeschaltet. Er hatte keine Idee, wie er seine Sicherheit wiederfinden könnte. Er verlor. Punkt um Punkt.

Was Kevin fast mehr wunderte als Lennart.

Auch das Publikum reagierte. Gerade hatte es erleichtert mitbekommen, wie das Spiel immer besser wurde und Lennart zu seiner alten Form zurückgefunden hatte. Nicht nur seine fast akrobati-

schen Einlagen, um einzelne Bälle doch noch zu erreichen, hatten das bewiesen. Auch seine kunstvollen Returns waren präzise platziert und für den Gegner unerreichbar gewesen. Und nun, von einer Sekunde auf die andere, fing er wieder an, die Bälle mit Flüchtigkeitsfehlern zu versieben. Seinen Vorsprung hatte er schnell verspielt. Punkt um Punkt. Mit dem letzten Punkt hatte Lennart gerade sogar seine Führung verloren, es stand 8:8 und der Satz war ausgeglichen.

»Was macht denn der da schon wieder!«, schimpfte Michael ärgerlich.

»Der hat Angst«, erkannte Linh.

Worauf Ilka sofort aufsprang, die Hände wie einen Trichter um den Mund legte und ihm zurief: »Du schaffst das, Lennart! Keine Angst!«

Lennart hörte, wie die vier ihm ermunternden Applaus spendeten.

»Wir! *Wir* schaffen das!«, ergänzte Linh mit ihrer zarten Stimme so laut, wie sie konnte. Das Wort »Wir« betonte sie dabei ganz besonders deutlich.

Michael nahm seine Jacke und schwenkte sie wie eine Fahne.

Lennart besann sich erneut auf die versprochene Hilfe seiner Freunde. Er durfte sie nicht enttäu-

schen. Noch einmal sammelte er seine verwirrten Gedanken zusammen und richtete sie nur auf das Spiel. Auf *sein* Spiel. Je länger er sich vorstellte, dass auf den Zuschauerrängen nur echte Sportfans saßen, desto besser gelang es ihm auch, seine Fähigkeiten zu zeigen.

Kevin hielt den Ball zum Aufschlag in der Hand und blickte grinsend in Lennarts Gesicht.

Er fühlt sich wieder sicher, erkannte Lennart. Dann wird ihm das Lachen jetzt gehörig vergehen.

Lennart war wieder ganz auf das Match konzentriert und davon wollte er sich jetzt nicht mehr abbringen lassen. Er hatte seine Aufgabe zu erledigen: das Spiel zu gewinnen!

Herzklopfen

Geschafft! Mit einem fulminanten Schmetterball hatte Lennart seinen Matchball verwandelt und das längst verloren geglaubte Spiel noch gewonnen! Das bedeutete: Lennart stand erneut im Finale der Stadtmeisterschaft und die Chance auf den Sieg wollte er sich nicht noch mal nehmen lassen!

Für einen kurzen Moment genoss Lennart den Jubel in der Halle. Er streckte die Arme gen Himmel und ließ sich feiern. Aber der Applaus des Publikums konnte seine Angst nicht vertreiben. Sie legte nur für einen Augenblick eine kleine Pause ein. Kevin schob wutschnaubend ab, ohne Lennart zu seinem Sieg zu gratulieren oder ihm auch nur die Hand zu geben. Lennarts Angst hatte ihre Pause beendet und kroch zu ihm zurück.

Auch die Erpresser hatten Punkt für Punkt erlebt, dass sich Lennart nicht an ihre Forderung gehalten hatte. Jetzt gab es kein Zurück mehr. Wie würden die Erpresser nun reagieren?

Lennart ließ seinen Blick über die applaudierende Menge schweifen. Aber er entdeckte niemanden, den er für einen der Erpresser halten könnte. Auch den Jungen mit dem S-Sprachfehler konnte er nirgendwo ausmachen. Stattdessen sah er Michael, der aufstand und die Tribüne Richtung Treppenhaus verließ. Ilka stopfte Michaels liegen gelassene Jacke in ihren Rucksack. Linh winkte Lennart und gab ihm Zeichen, dass sie sich gleich unten im Vorraum zum Halleninneren treffen wollten. Lennart nickte ihr zu. Der Schiedsrichter gratulierte Lennart zu seinem Sieg. In dem Moment legte ihm jemand einen Arm um die Schulter. Lennart erschrak, fuhr herum – und sah erleichtert in Jabalis Gesicht.

»Super, dass du das noch geschafft hast«, freute sich Jabali. Er holte Lennart direkt vom Tisch des Wettkampfbüros ab und begleitete ihn zum Ausgang. Lennart fühlte sich zwar wie unter besonderer Bewachung, aber besser so, als den Erpressern allein über den Weg zu laufen. Während sie hinausgingen, tönte aus den Lautsprechern: »Wir freuen uns, Sie morgen hier zu den Finalspielen begrüßen zu dürfen. Einlass zu den Spielen ab 9 Uhr 30. 10 Uhr 15 Uhr ist Spielbeginn. Ich wiederhole: Einlass ist ab 9 Uhr 30, Spielbeginn um 10 Uhr 15.«

Jabali schmunzelte: »Wir werden da sein, darauf kann er sich verlassen!«

Lennart nickte nur schwach. Er spürte ein Pochen im Hals und Stechen im Herz. Angst! Wie würden die Erpresser reagieren?

Am Ausgang des Innenbereiches sahen sie, wie Michael auf Kevin losging, der gerade auf dem Weg in die Umkleide war: »Deine Drohungen werden dir nichts helfen. Ist das klar? Lennart wird gewinnen. Verlass dich drauf!«

»Hä? Hast du 'nen Knall? Wovon sprichst du? Lass mich doch in Ruhe!«, erwiderte Kevin und zischte Richtung Duschen ab.

Michael zögerte, ob er Kevin nachsetzen sollte, doch dann sah er Lennart und Jabali, ließ Kevin laufen und ging auf seine beiden Freunde zu.

»Der soll mal nicht so tun, als ob er von nichts wüsste«, schimpfte Michael aufgebracht. »Wer profitiert denn die ganze Zeit von der Erpressung?«

Jabali betrachtete die Sache nüchterner. »Falls Kevin wirklich mit denen unter einer Decke steckt, dann wissen die Erpresser jetzt von dir, dass Lennart uns eingeweiht hat. Ob das so klug war?«

Michael verzog nachdenklich das Gesicht. Daran hatte er in seinem Eifer nicht gedacht.

Wie verabredet, kamen nun auch Linh und Ilka dazu. Linh schlug vor, sich am besten wie immer zu verhalten und aufmerksam abzuwarten, was bis zum morgigen Spiel passieren würde.

Der Vorraum, in dem sich die fünf getroffen hatten, begann sich schnell zu leeren. Lennart schaute sich unauffällig um. Jeder ältere Junge, der noch zu sehen war, kam als Erpresser infrage. Jeder! Sogar der Junge, der an der Ecke noch das Infobrett studierte. Dort stand auch eine Gruppe aus Lennarts Schule. Als sie Lennart entdeckten, rief einer von ihnen lauthals: »Wer wird Stadtmeister?«

Und der Rest der Gruppe antwortete im Chor: »Lennart! Lennart!«

Sie glaubten wieder fest an Lennart. Sie konnten ja nicht wissen, mit welchen Schwierigkeiten er zu kämpfen hatte.

Linh freute sich über diese Unterstützung für Lennart und lächelte der Gruppe kurz zu, bevor sie sich wieder an Lennart wandte: »Um unauffällig zu bleiben, solltest du wie immer allein nach Hause gehen.«

»Allein?«

»Natürlich nur zum Schein! Selbstverständlich begleiten wir dich. Aber wir bleiben versteckt. So

 können wir beobachten, ob dir jemand folgt und wenn ja, wer«, erklärte Linh.

»Und wenn die Erpresser zuschlagen, nehmen wir alles auf!« Ilka öffnete ihren Rucksack und zeigte auf eine kleine Digicam, die sie sich von ihrem Vater hatte ausleihen dürfen. »So könnten wir einen möglichen Überfall beweisen.«

»Überfall?« Lennart war nicht mehr in der Lage, einen vollständigen Satz zu formulieren. Ihm wurde gerade klar, worauf er sich einließ: Er spielte den Köder an der Angel, während die anderen nur darauf warteten, dass die Erpresser anbissen.

Michael nickte ihm zu. »Oder hast du eine bessere Idee?«

Nein, Lennart hatte keine bessere Idee.

»Heute und morgen bekommst du eine ständige, unsichtbare Eskorte«, versprach Ilka.

»Was bekommt er?«, fragte Michael, der das Wort noch nie gehört hatte. »Eine Ess-Korte? Was ist das denn? Ich kenne nur Torte.«

»Personenschutz!«, übersetzte Ilka etwas frei. »Wie die Promis bei großen Veranstaltungen.«

»Sag das doch gleich«, murrte Michael und zeigte dann ein breites Grinsen. »Cool. Ich als Perso-

nenschützer. Das finde ich gut. Kriege ich auch so eine dunkle Sonnenbrille?«

Lennart warf Michael einen säuerlichen Blick zu: *Das ist nicht witzig!*

Michael begriff und entschuldigte sich sofort. »War nicht so gemeint.«

Linh organisierte die Aufteilung. Michael sollte hier im Gang stehen bleiben und aufpassen, während Lennart seine Sachen aus dem Umkleideraum holte. Danach sollte er zur Bushaltestelle gehen. Jabali postierte sie am Ausgang, Ilka in der Nähe des Fahrradstands und sie selbst würde auf dem Rad warten, um Lennart unauffällig nachzufahren. Sie alle würden per Handy in Verbindung bleiben, falls jemand etwas Auffälliges entdeckte.

Die vier bezogen ihre Posten.

Lennart holte seine Sachen aus dem Spind, zog nur einen Trainingsanzug über seine Sportkleidung, wechselte die Schuhe und ging nach draußen zum Fahrradstand. Beim Aufschließen seines Fahrradschlosses versuchte er, ohne seinen Kopf zu bewegen, aus den Augenwinkeln zu erkennen, ob ihn jemand beobachtete.

Er sah nur Michael, der, wie abgesprochen, nun Richtung Bushaltestelle ging. Von dort aus sollte er

beobachten, was sich sonst noch so um die Halle herum tat. Wenn er nicht gewusst hätte, wo sich die anderen postiert hatten, hätte er sie nicht bemerkt. Lennarts Eskorte war wirklich unsichtbar, fast schon unheimlich.

So unsicher und voller Angst wie in diesem Moment hatte Lennart noch nie den Weg nach Hause angetreten. Hinter jeder Ecke befürchtete er einen dieser maskierten Typen. Alle Augenblicke drehte er sich um, ob ihm jemand folgte. Zudem fuhr er möglichst langsam, damit seine Freunde nachkommen und ihn im Auge behalten konnten. Und er fuhr, anders als sonst, immer auf den Radwegen an den Hauptstraßen, ließ die Abkürzungen durch die kleinen Gassen und Wege aus. Die nahmen seine Freunde, so konnten sie ihn immer wieder überholen und die Gegend im Auge behalten.

Bis zu seiner Haustür blieb alles ruhig. Lennart trug sein Fahrrad in den Keller, steckte dann noch mal seinen Kopf aus der Haustür und hörte den schrillen Pfiff, mit dem sich Jabali verabschiedete. Der Pfiff bedeutete: *Bis morgen! Pünktlich an diesem Ort!* So hatten sie es vereinbart.

Lennart wusste, von nun an war er allein. Er lief durch den kleinen Vorgarten, öffnete die Haustür,

betrat den Flur, schloss die Haustür sofort wieder hinter sich und atmete erst einmal durch. Zu Hause!

Aus dem Wohnzimmer hörte er Musik. Sonst nervten ihn die Opernarien, die seine Mutter so gern beim Bügeln hörte. Heute genoss er sie. Er war nicht allein!

Im Wohnzimmer saß sein Vater mit Kopfhörern vor dem Fernseher und verfolgte das Langweiligste, was man sich nach Lennarts Meinung überhaupt im Fernsehen anschauen konnte: eine Debatte im Bundestag.

Lennart begrüßte seine Eltern und umging lästige Nachfragen, indem er sofort in sein Zimmer huschte. Er griff zu seinem Buch und kroch damit unter seine drei Decken. Aber von Entspannung keine Spur! Immer wieder tauchten zwischen den Zeilen die Bilder der Erpressung auf. Die Masken, die Tätowierung, die Stimmen, das Turnier, sein Spiel, der Feueralarm, seine Freunde und: seine Angst!

Auch in der Nacht machte Lennart kaum ein Auge zu. Selbst die kurzen Schlafphasen waren durchdrungen von unruhigen Traumbildern. Er wurde immer wieder verfolgt, ständig rannte er weg. Immer wieder lachte ihn Kevin mit einem breiten Grin-

sen und in Siegerpose aus. Dabei hielt er den Turnierpokal triumphierend in die Luft, während Lennart auf einer Tischtennisplatte gefesselt lag, und von der Decke Tausende Tischtennisbälle auf ihn niederprasselten.

Mehr als einmal wachte Lennart in dieser Nacht schweißgebadet auf.

Als er das Gefühl hatte, endlich in Ruhe eingeschlafen zu sein, weckte ihn seine Mutter. Sie stand mit einem speziellen Sportlerfrühstück auf dem Tablett vor seinem Bett. Die Nacht war endlich vorbei! Lennart setzte sich aufrecht in sein Bett und machte sich mit Appetit über das Frühstück her. Dieser Tag konnte kaum schlechter werden als die Nacht.

Der Fehler

Pünktlich warteten die vier vor der Tür, um Lennart zur Stadthalle zu begleiten.

»Viel Glück!«, rief ihm seine Mutter hinterher, als er das Haus verließ. Das konnte Lennart gebrauchen. In dem Moment fiel ihm das Päckchen von Linh ein. Es musste immer noch in seinen Sportklamotten stecken, die er am Vorabend ausgezogen und auf den Schreibtischstuhl geworfen hatte. Am Morgen hatte er sich ein neues Trikot und eine frische Sporthose rausgesucht. Wenn seine Mutter die getragenen Sachen entdeckte, würde sie sie garantiert in die Waschmaschine stopfen. Im Zweifel mitsamt Linhs Päckchen.

»Ach du Schreck!«, entfuhr es Lennart und er rannte zurück ins Haus, direkt in sein Zimmer.

Linh und die anderen schauten sich erschrocken an. Was war passiert? Hatte Lennart einen seiner Erpresser entdeckt? Sofort sahen sie sich um, suchten in der näheren Umgebung alles ab, wo man sich

 ihrer Meinung nach vielleicht hätte verstecken können. Aber sie entdeckten nichts.

Kurz darauf stand Lennart wieder vor der Tür. »Wo seid ihr denn?«, rief er.

Einer nach dem anderen kam hervor. Michael aus einem Busch, in dem er einen Erpresser vermutet hatte, Jabali hinter einem Stromkasten, Linh aus dem Nachbargarten und Ilka vom Parkplatz, wo sie unter die Autos geschaut hatte.

»Was war denn los?«, fragte Linh.

Lennart zeigte das Päckchen. »Vor der Waschmaschine gerettet!«

Seine Freunde stöhnten auf.

»Mensch, Lennart! Du kannst einem aber auch einen Schrecken einjagen!« Michael klopfte ihm leicht gegen den Hinterkopf.

Lennart öffnete endlich das Päckchen. Neben Hunderten Krümeln fand er einen kleinen Zettel. Er entfaltete ihn und las: »Hebt man den Blick, so sieht man keine Grenzen (japanische Weisheit).«

Mit einem Zweifel im Gesicht kommentierte Lennart: »Na ja, schauen wir mal.«

»Wir werden der Sache auf die Spur kommen!«, sagte Ilka mit zuversichtlichem Ton.

»Was meinst du damit?«, fragte Lennart.

Ilka erklärte es: »Ich glaube, es steckt mehr dahinter, als dass Kevin nur gewinnen sollte.«

»Wieso?«, wunderte sich Michael. »Das glaube ich nicht.«

»Wie auch immer«, beendete Linh die Diskussion. »Wir werden das Spiel genau verfolgen. Bestimmt werden sich die Erpresser irgendwie verraten. Du konzentrierst dich auf dein Spiel, Lennart, und wir werden währenddessen das Umfeld beobachten.«

»Ich schlage vor, wir verteilen uns heute auf der Tribüne. Dann haben wir alles besser im Blick, oder?«, meinte Jabali.

»Sehr gute Idee! Und auf ein Zeichen treffen wir uns wie gestern im Eingangsbereich. Alle Handys dabei und geladen?«, fragte Michael nach.

Ilka prüfte noch mal kurz den Ladezustand ihres Handys und nickte zufrieden.

»Und heute Finger weg vom Feuermelder, Michael, okay!«, bemerkte Linh noch.

»Versprochen! Ich bleibe in der Nähe unseres Treffpunkts«, erwiderte der.

Als sie an der Stadthalle ankamen, versuchte Linh noch einmal, Lennart Mut zuzusprechen. »Unsere Augen werden überall sein, Lennart. Mach dir keine Sorgen!«

»Okay«, sagte Lennart und zog ab zur Umkleide. »Bis gleich. Ich sehe euch auf der Tribüne!«

Jabali, Michael, Ilka und Linh warteten noch ab, bis Lennart um die Ecke gebogen war, dann gingen sie außen herum zu ihren Tribünenplätzen.

Lennart ging auf den großen Umkleideraum zu, an den Toiletten vorbei. Plötzlich flog die Tür der Jungentoilette vor ihm auf. Ein Typ kam herausgeschossen und packte zu. Wie beim ersten Überfall ging alles wahnsinnig schnell. Lennart spürte einen dumpfen Schlag in seinem Gesicht, dann sah er nur einen schwarzen Fleck vor seinen Augen. Etwas Hartes knallte gegen seinen rechten Arm. Ein unvorstellbarer Schmerz durchzuckte ihn. Jemand hielt Lennart von hinten Nase und Mund zu, schleifte ihn in die Toilette. Um Hilfe zu rufen, war unmöglich. Lennart rang nach Luft. Spürte immer noch die entsetzlichen Schmerzen in seinem Arm. Der schwarze Fleck vor seinen Augen verschwand. Unklar erkannte Lennart einen der Typen. Wieder maskiert. *Zorro!*, schoss es ihm durch den Kopf. Dann versank alles im Dunkeln.

Linh war zufrieden mit Jabalis Idee, sich auf der Tribüne zu verteilen und nur bei besonderen Vorkommnissen auf ein Zeichen hin zusammenzukommen. Sie, Michael, Jabali und Ilka hatten sich geeignete Plätze als Beobachtungsposten ausgesucht. Von ihren Positionen aus hatten sie einen guten Blick auf alles. Michael saß in der Nähe des Tribüneneingangs, Jabali hatte sich für die oberste Reihe in der Mitte entschieden. Die Tribüne begann sich zu füllen. Die Entscheidungen über die Stadtmeisterschaften der verschiedenen Altersklassen fanden jedes Jahr erstaunlich viel Interesse.

Linh saß in einer der vordersten Reihen, gegenüber Jabalis Tribüne. Von diesen Standorten aus konnte ihnen nichts entgehen. Sie konnten sehen, wie immer mehr Zuschauer ihre Plätze einnahmen.

Lennart wusste nicht, wo er war. Er spürte, dass er wohl gerade aufgewacht war. Aber in seinem Bett lag er nicht. Sein Kopf lag auf recht schmutzigen Fliesen und aus einer seltsamen Perspektive schaute Lennart auf eine Reihe von Pinkelbecken.

Jungstoiletten, schoss es ihm durch den Kopf. Aber wo? Und wieso lag er? Er hob vorsichtig den Kopf, um das schiefe Bild geradezurücken, als er

plötzlich zwei Füße vor sich sah und jemanden sprechen hörte: »... müssen den Sanitätern Bescheid geben!«

Sanitäter?, wiederholte Lennart stumm in seinem Kopf.

Der Jemand beugte sich zu ihm herunter und die Stimme fragte: »Hallo? Hörst du mich? Ist alles in Ordnung?«

Lennart drehte seinen Kopf. Das Licht war grauenhaft grell. Er schaute direkt in die langen Neonlampen-Reihen. Er versuchte aufzustehen, aber ...

»Autsch!«, schrie er auf, als er wie gewöhnlich seine Arme dabei zu Hilfe nehmen wollte. Er brach den Versuch ab. Der Schmerz in seinem rechten Arm hallte in seinem ganzen Körper nach. Lennart schien es, als ob in seinem Arm ein Großfeuer ausgebrochen war, so sehr brannte es darin.

»Moment, Junge! Ich habe die Sanitäter verständigt. Die werden dir gleich helfen«, sagte ein älterer Mann. »Was ist denn passiert?«

Der Mann packte ihn unter den Schultern und zog ihn vorsichtig hoch, sodass Lennart sitzen konnte. Auch wenn er nur die kalte Fliesenwand zum Anlehnen hatte, so konnte er wenigstens den Arm etwas auf seinen Knien ablegen und ruhig

halten. Langsam kam er zu sich und begriff, was geschehen war. Ein Überfall! Die Erpresser! Das Finale!

Linh beobachtete einen der Sanitäter, der sich plötzlich sehr beeilte. Offenbar gab es irgendwo einen Notfall. Aber Linh konnte nicht erkennen, wo. Der Sanitäter sprach mit jemandem über sein Funkgerät und lief Richtung Umkleidebereich.

Linh stutzte. Umkleidebereich? Alles hatten sie im Blick, ja: alles in der Halle. Aber die Umkleiden? Verflixt, daran hatten sie nicht gedacht! Heiß und kalt lief es Linh über den Rücken, als ihr das bewusst wurde.

Linh sprang auf und machte ein Zeichen zu Jabali, dessen Pfiff und Handzeichen die anderen auf Linh aufmerksam machten. Mit einfacher Zeichensprache deutete Linh unmissverständlich an: Treffpunkt hier! Bei mir! Jetzt! Sofort! Sie zeigte immer wieder mit ihrem Zeigefinger auf den Boden vor sich: Hier! Jetzt!

Die anderen verstanden. Dennoch dauerte es eine halbe Ewigkeit, bis sich alle bei ihr eingefunden hatten, fand Linh. Es war gar nicht so einfach, sich in der voll besetzten Halle fortzubewegen. Selbst

wenn man wie Jabali mit den Qualitäten eines Hürdenläufers über die Sitzbankreihen sprang oder wie Kraftpaket Michael einfach alles beiseiterammte, was einem in die Quere kam.

Kaum waren die drei in Hörweite, rief Linh ihnen zu: »Wir haben die Umkleiden vergessen! Habt ihr den Sanitäter gesehen?«

»So ein Mist! Einfach vergessen!« Michael schlug sich mit der flachen Hand gegen die Stirn. Er konnte es nicht glauben. »Einfach vergessen! Wir müssen hin, sofort!«

Ilka packte Michael an seiner Jacke, sie wollte weitere Einzelaktionen verhindern. »Ja, aber Moment. Wir müssen uns klug aufteilen.«

»Wieso aufteilen?«, fragte Michael nervös. »Wir müssen zu Lennart in die Garderobe. Vielleicht ist ihm schon etwas zugestoßen!« Wenn es nach ihm gegangen wäre, wäre er schon längst dort.

»Einer muss Kevin im Auge behalten!«, erklärte Ilka. »Machst du das, Jabali? Wenn er was mit der Sache zu tun hat, dann wird er Kontakt zu seinen Komplizen aufnehmen oder die zu ihm.«

Jabali nickte und schaute sich sofort um, ob er Kevin irgendwo entdeckte.

»Einer sollte sich vor der Halle postieren«, schlug

Ilka weiter vor. »Vielleicht tut sich dort etwas Verräterisches und wir bekommen endlich den wirklichen Grund für die Erpressung heraus.«

»Das ist mein Job. Das übernehme ich!«, sagte Michael und wollte schon los.

»Moment noch!« Ilka hielt ihn wieder an der Jacke fest. »Wir brauchen noch jemanden, der um Lennart herum beobachtet, was sich tut. Machst du das, Linh? Dann gehe ich direkt zu Lennart und schaue, was los ist.«

Linh nickte ebenfalls. »Einverstanden. Treffpunkt bleibt der Vorraum am Halleneingang.«

»Okay!«, sagten sie fast gleichzeitig.

Verdächtige

Ilka ließ Michaels Jacke los, sodass er endlich aufbrechen konnte. Er schlug sich wieder und wieder gegen die Stirn. Und dazu schüttelte er den Kopf. Er konnte es sich immer noch nicht verzeihen, dass sie nicht an die Umkleiden gedacht hatten. »Einfach vergessen«, schimpfte er leise vor sich hin.

Jabali hatte inzwischen Kevin ausfindig gemacht und bewegte sich unauffällig in dessen Nähe. Kevin stand immer noch am Eingang zum Halleninneren. Es schien, als wartete er dort auf jemanden. Versuchte er Kontakt mit seinen Komplizen aufzunehmen? Wenn ja, würde Jabali es auf keinen Fall übersehen. Auch er machte sich Vorwürfe, dass sie die Umkleide vergessen hatten. Gestern noch hatte er Lennart fürsorglich am Tisch abgeholt und bis nach Hause begleitet. Und heute waren sie so nachlässig gewesen. Noch immer wusste Jabali nicht, ob und was mit Lennart geschehen war. Er hoffte, dass

alle Sorgen, die er sich machte, unbegründet waren und sich alles gleich ganz einfach auflöste.

Ilka ging zu den Umkleiden, um nach Lennart zu sehen. Linh begleitete sie bis zum Eingang. Sie plagten schlimme Schuldgefühle. Schließlich hatten sie Lennart immer wieder beruhigt und ihm Unterstützung und Hilfe zugesagt. Aber im entscheidenden Moment hatten sie ihn alleingelassen.

Ilka lief, wie besprochen, weiter. Die Tür zu den Umkleiden stand offen. Linh blieb davor stehen und beobachtete jede Kleinigkeit. Ihr sollte nicht noch ein Fehler passieren. Nichts durfte ihr entgehen. Jeden schaute sie misstrauisch an und prüfte, was der gerade machte. Ein Junge ging fast neben ihr in die Hocke und band sich die Schuhe. Oder tat er nur so? Eine Dreiergruppe, zwei Jungs und ein Mädchen, flüsterten sich wechselseitig was ins Ohr und lachten jedes Mal laut auf. Machten sie sich über Lennart lustig? Ob Mädchen auch bei solchen Gemeinheiten mitmachen?

Mit ihrem misstrauischen Blick kamen ihr plötzlich alle verdächtig vor. Dabei suchten sie in der Zuschauermenge nur zwei, drei, aber bestimmt nicht mehr als vier Typen, die mit Gewalt versuch-

ten, Lennart von einem ehrlichen Turniersieg abzubringen.

Sie entdeckte einen circa 16 Jahre alten Jungen. Ohne ersichtlichen Grund stand er vor den Toiletten und schaute sich um. Was hatte der dort zu suchen? Schob er Wache und sollte er wie sie die Lage im Auge behalten? Hatte er sie auch schon entdeckt und dachte das Gleiche über sie? Linh überlegte. Wie konnte sie das bloß rauskriegen? Nicht noch einen Fehler machen, dachte sie immer wieder. Nicht noch einen! Aber sie wusste, aus Furcht vor Fehlern nichts zu tun, war manchmal der größte Fehler. Ein Mädchen kam aus der Damentoilette. Der Junge legte seinen Arm liebevoll um ihre Schultern und beide gingen gut gelaunt Richtung Tribüne. Ein Liebespaar! Sie hatte ein Liebespaar verdächtigt! Linh zweifelte, ob es möglich wäre, ohne nähere Personenbeschreibungen die wahren Erpresser aufzuspüren. Trotzdem wollte sie ihre Augen und Ohren weiter offenhalten.

Zwei ältere Jungs liefen ganz nah an ihr vorbei, der eine groß und hager, der andere ziemlich bullig. Sie wichen keinen Millimeter von ihrem Weg ab und schienen Linh gar nicht wahrzunehmen. Der

Bullige wedelte mit einem Stück Papier vor dem Gesicht des Hageren herum.

Linh hörte, wie der Bullige sagte: »Siehst du! Hier! Hier steht es schwarz auf weiß!« Er zeigte auf den Zettel und fügte an: »Wir werden ja sehen, ob er noch spielen kann!«

Der Hagere sagte nichts und schien verwirrt. Auf den Bulligen könnte die Beschreibung der Erpresser von Lennart zutreffen, dachte Linh. Was konnte sie bloß tun, um das nachzuprüfen?

Die Tätowierung!, fiel ihr ein. Der dreibeinige Hund!

Im Vorbeigehen war es für Linh unmöglich zu erkennen, ob der Junge eine Tätowierung am Arm trug oder nicht. Auf welchem Unterarm hatte Lennart den dreibeinigen Hund gesehen? Hatte Lennart das überhaupt erwähnt? Wie auch immer, sie musste es riskieren. Entschlossen stellte Linh sich den beiden in den Weg.

Tatsächlich blieben sie stehen.

Linh setzte einen Hilfe suchenden Blick auf und fragte den Bulligen: »Entschuldige! Kannst du mir die Uhrzeit sagen?« Ihre eigene Armbanduhr ließ sie geschwind unter ihrem Jackenärmel verschwinden und schaute dem Jungen direkt ins Gesicht.

»Siehst du nicht, dass wir es eilig haben?«, blaffte der sie an, schaute aber trotzdem wie automatisch auf seine Uhr. Da sah Linh es: eine Tätowierung! Ob sie aber einen dreibeinigen Hund darstellte, konnte sie in diesem kurzen Moment nicht erkennen.

Der Bullige antwortete kurz und knapp: »9 Uhr 49! Gleich müsste das Spiel losgehen.« Mit einem breiten Grinsen schlug er dem Hageren auf die Schulter und wiederholte: »Müsste . . .!«

Er steckte das Papier gedankenverloren in seine Jackentasche und lief weiter. Linh ahnte, dass der Zettel eine Spur sein könnte. Ein Zipfel davon guckte noch aus der Tasche heraus. Es blieb keine Zeit zu überlegen. Jetzt oder nie! Der Bullige mit der Tätowierung war schon im Begriff weiterzugehen, da packte Linh zu. Wie eine Schlange beim Angriff schnellte ihr Arm vor, zielsicher griffen ihre spitzen Finger nach dem kleinen Papierzipfel und ließen ihn in Linhs Hand verschwinden, wie es einem Zauberer auf offener Bühne auch nicht besser gelungen wäre. Die beiden Jungs zogen direkt weiter zu den Umkleidekabinen, ohne auch nur das Geringste bemerkt zu haben.

Linh hörte, wie der Bullige mit der Tätowierung jemanden fragte: »Kann er das Turnier fortsetzen?«

Leider konnte sie die Antwort nicht verstehen, aber dafür war ja Ilka da. Die würde alles mitbekommen. Linh nutzte die Gelegenheit und warf einen Blick auf den Zettel.

Zuerst sagte ihr das Stückchen Papier gar nichts. Dann erst begriff sie langsam, worum es sich handelte. Der Zettel war ein Wettschein!

Ein Wettschein? Linh konnte ihn nicht länger studieren, denn die beiden kamen zurück. Schnell ließ Linh den Zettel in ihrer Handfläche verschwinden.

»Dann ist jetzt ja wohl alles klar!«, hörte sie den Bulligen mit der Tätowierung zu dem Hageren sagen, als die beiden wieder an ihr vorbei Richtung Haupteingang zogen. »Also, Moritz! Mach keine Zicken und beeil dich! Wir treffen uns später am Eingang des Spielbereichs!«

Der Hagere nickte zwar, aber irgendwie schien ihm die ganze Angelegenheit nicht zu passen.

»Und keine Mätzchen, Moritz, klar?«, gab ihm der Tätowierte noch mit auf den Weg.

Jetzt war Linh sicher. Gerade lief wieder so eine fiese Sache ab! Vielleicht bekam sie sogar heraus, was es war. Bis zum Ausgang gingen die beiden noch gemeinsam. Dort blieben sie stehen. Wenn der Hagere jetzt aber die Halle verließ, musste Mi-

chael zum Einsatz kommen. Der stand gut postiert neben dem Ausgang.

Linh hatte durch die gläserne Hallentür Blickkontakt zu ihm. Sie ging vorsichtig hinter den beiden her und gab Michael draußen schnell ein paar Handzeichen.

Michael sollte schauen, wohin der Hagere ging, und sie würde drinnen den Tätowierten weiter beobachten. Michael hatte ihre Zeichen verstanden und nahm sofort die unauffällige Verfolgung des Hageren auf, als der die Halle verließ.

Linh versteckte sich hinter einem Treppenvorsprung, von wo aus sie den Tätowierten im Auge behalten konnte. Der blieb noch eine Weile stehen und schaute dem Hageren hinterher. Diesen Moment nutzte Linh, um sich den Wettschein noch mal genauer anzusehen. Tabellenartig waren auf dem Schein verschiedene Namen aufgelistet, daneben Zahlen eingetragen. Vermutlich Geldbeträge. Rechts daneben Buchstaben: »N« und »S«. Ganz unten entdeckte sie auch den Namen, mit dem der Bullige mit der Tätowierung den Hageren angesprochen hatte: Moritz! Dahinter stand ein »S« und »50«. In der gleichen Zeile las sie Lennarts Namen.

Linh musste nicht lange überlegen, um den Sinn

der Buchstaben zu entschlüsseln: »N« wie Niederlage und »S« wie Sieg. Moritz hatte 50 Euro auf den Turniersieg von Lennart gesetzt! Sie konnte sich zwar nur schwer vorstellen, dass man in einem offiziellen Wettbüro auf den Sieger eines Schülerturniers setzen konnte, aber der Bullige sah auch nicht gerade wie ein offizielles Wettbüro aus.

Der Tätowierte schaute sich um. Linh duckte sich unter der Treppe schnell weg, behielt ihn aber im Auge. Offenbar schien er jemanden zu suchen. Vielleicht wartete er? Sie erhielt postwendend die Antwort auf diese Frage.

Ein Typ, ebenso breit wie der Tätowierte, allerdings mit schwarzen Locken, in einer Bomberjacke und einer Militärhose gekleidet, ging auf den Tätowierten zu. Obwohl watscheln eigentlich der bessere Ausdruck gewesen wäre, dachte Linh. Der Typ schob seinen recht üppigen Bauch voran, seine Füße zeigten beim Gehen auf seltsame Weise nach außen, sodass es fast den Eindruck machte, ein Pinguin in Militärklamotten watschelte auf den Tätowierten zu.

Die beiden begrüßten sich, indem sie ihre Hände ineinanderschlugen, als wollten sie zu einem Armdrücken-Wettbewerb antreten.

»Alles okay, es gibt keine Probleme!«, teilte der Tätowierte dem Pinguin mit. Zum Glück in einer Lautstärke, als wären die beiden die einzigen Bewohner auf dem Erdball. Linh konnte sie ohne Weiteres verstehen.

Dann gingen sie zum Spielbereich. Auf der Schwelle zum Eingang entdeckte Linh Kevin. Beide Typen reckten ihm einen erhobenen Daumen entgegen und grinsten. Im gleichen Moment setzte auch Kevin ein triumphierendes Grinsen auf und begab sich direkt zum Tisch des Wettkampfbüros.

Was will er dort?, fragte sich Linh. Kevin war doch gegen Lennart ausgeschieden, nahm also am Turnier überhaupt nicht mehr teil. Das Wettkampfbüro war aber ausschließlich für Fragen der Spielabläufe zuständig.

Linh sah auch, wie die Mitglieder der Turnierleitung die Köpfe zusammensteckten und über etwas berieten. Einer von ihnen griff gar zu einem Handy und begann zu telefonieren. Was ging dort vor sich? Linh fand keine Erklärung dafür.

Währenddessen behielt Michael den Hageren im Auge. Unauffällig begleitete er den Jungen bis zu einem Geldautomaten zwei Straßen weiter. Er be-

obachtete, wie der Junge Geld aus dem Automaten zog. Wie viel, konnte Michael höchstens raten. Auf jeden Fall war ein brauner Schein dabei. Das bedeutete, er hatte mindestens 50 Euro abgehoben. Mit verbittertem Gesichtsausdruck steckte der Hagere das Geld in sein Portemonnaie.

Michael blieb ihm auf den Fersen. Der Weg führte direkt zurück zur Halle. Der Hagere wirkte geistig völlig abwesend. Als ob er die ganze Zeit über irgendetwas grübelte, das ihn davon abhielt, seine Umgebung wahrzunehmen. Um ein Haar wäre er beim Überqueren der Straße sogar einem Auto vor den Kühler gelaufen. Glücklicherweise hatte der Fahrer wohl so etwas wie eine Vorahnung gehabt und rechtzeitig gehupt. Kurz darauf hätte der Hagere fast einen Mülleimer umgerannt, als er zum dritten Mal prüfte, ob sein Portemonnaie auch wirklich immer noch in der linken Hosentasche saß.

In der Halle ging er direkt zum Eingang des Spielbereichs. Dort stand der bullige Typ, der den Hageren zuvor begleitet hatte, mit einem ebenso stämmigen Typ in Militärklamotten.

Diesmal war es umgekehrt: Michael schlich hinter dem Hageren her und gab Linh Handzeichen, nachdem sie ihn wahrgenommen hatte. Linh be-

griff: Sie sollte jetzt die weitere Beobachtung übernehmen. Doch Linh winkte Michael zu sich heran.

Michael wunderte sich, gehorchte aber und fragte: »Was ist los? Was soll ich hier?«

»Stell dich mal vor mich«, antwortete Linh ihm leise.

»Hä? Wieso?«

»Die dürfen mich auf keinen Fall entdecken!«, zischte sie ihm ins Ohr und zeigte dabei auf den Tätowierten und den Pinguin.

Schnell holte Linh ihre klitzekleine Digitalkamera hervor, die nach Michaels Meinung hervorragend zu Linhs Mini-Bonsai-Bäumchen passte. Viele Dinge bei Linh wirkten, als hätte sie sie aus einer Puppenstube entliehen.

Linh stellte die Kamera auf Bereitschaft, indem sie mit dem Fingernagel einen mikroskopisch kleinen Knopf drückte, und nahm das Geschehen unauffällig ins Visier. Sie war im Vergleich zu Michael so klein, dass sie mit der Naheinstellung zwischen seiner linken Achsel und seinem linken Arm hindurch genau beobachten konnte, wie der Hagere in seine linke Hosentasche griff und ein paar Scheine aus seinem Portemonnaie holte. Linh wollte den

entscheidenden Moment festhalten. Sie wusste, das war eine Frage von starken Nerven und gutem Timing! Beides hatte sie. Alle wichtigen Beteiligten waren zu sehen. Ihr Standpunkt für das Beweisfoto war optimal. Der Junge schaute wehmütig auf den braunen Schein und überreichte ihn dem bulligen Typen. Der streckte seinen Arm aus, um ihn entgegenzunehmen. Jetzt!

Plötzlich gleißend helles Licht. Der Blitz!

Die Flucht

»Mist!«, fluchte Linh leise. Daran hatte sie nicht gedacht! Das Licht im Vorraum reichte nicht aus, sodass die Kamera automatisch den eingebauten Blitz dazugeschaltet hatte. Beide Typen schauten sich verunsichert um. Sie wussten, dass das grelle Licht nur von einem Kamerablitz kommen konnte, hofften zwar noch, irgendwo hätte irgendwer irgendjemanden fotografiert, womit sie nichts zu tun hatten. Andererseits ließ sie aber auch die dunkle Ahnung nicht los, dass sie die Hauptdarsteller auf dem Blitzlicht-Foto waren.

Kein Zweifel! Sie hatten Verdacht geschöpft! Der Tätowierte steckte schnell das Geld ein und ging einen Schritt auf Michael zu, weil der Blitz aus dieser Richtung gekommen war. Zum Glück hatte er Michael aber noch nicht direkt ins Visier genommen.

Hinter Michael machte sich Linh noch kleiner, als sie ohnehin schon war.

Der Tätowierte wandte sich schon ab, doch der Pinguin hatte etwas bemerkt. »Da! Hinter der Schmalzbacke dort hat sich jemand versteckt!«

»Schmalzbacke?«, empörte sich Michael. »Meint die Hohlbirne etwa mich?«

»Mann!«, schimpfte Linh und knuffte Michael in den Rücken. Dies war ganz gewiss nicht der richtige Zeitpunkt für gekränkte Eitelkeiten.

Die beiden Typen rannten wutschnaubend auf Michael zu.

Michael allerdings behielt die Nerven. Breitbeinig stellte er sich den Typen in den Weg, die beide mindestens einen Kopf größer waren als er, verschränkte die Arme vor seiner Brust und fragte den Pinguin mutig ins Gesicht: »Hast du gerade über mich gesprochen, Schwabbelbauch?«

Der Pinguin blieb einen Moment verdutzt stehen und sah tatsächlich kurz auf seinen Bauch hinab. Noch nie hatte es jemand gewagt, so mit ihm zu sprechen. Schon gar nicht ein Zwerg, der einen Kopf kürzer war als er.

Diesen Moment des Zögerns nutzte Linh aus. Im Schutz von Michaels Rücken legte sie einen Blitzstart hin. Sie stieß sich, um noch schneller aus den Startlöchern zu kommen, an Michaels muskulösem

Rücken ab. Der blieb still stehen, ohne auch nur einen Millimeter zu torkeln. Wie eine Säule.

»Ich werde dir gleich zeigen, wer hier einen Schwabbelbauch hat, du ...« Gerade wollte der Pinguin auf Michael losgehen. Doch der andere hielt ihn zurück und zeigte auf die flüchtende Linh.

»Dort! Die kleine Schwarzhaarige war's! Hinterher!«

Die beiden liefen los.

Michael scherte sein linkes Bein aus. Der Pinguin fiel darüber und landete fluchend auf der Nase.

»Vorsicht, Glatteis!«, rief Michael ihm zu, sprang über ihn hinweg und folgte dem anderen, der hinter Linh herhetzte. Michael zog sein Handy und wählte im Laufen Jabalis eingespeicherte Kurzwahlnummer.

»Komm in den Gang und schau nach Linh. Sie müsste dir gleich entgegenkommen. Nimm die Kamera und hau damit ab!«, wies er Jabali an.

Linh rannte, so schnell sie konnte. In den Gängen herrschte ein großes Durcheinander. Schwer durchzukommen. Aber für Linh allemal leichter als für den tätowierten Koloss hinter ihr. Trotzdem gelang es ihr nicht ganz, den Typen abzuschütteln. So wie Linh durch das Menschengewühl hindurch-

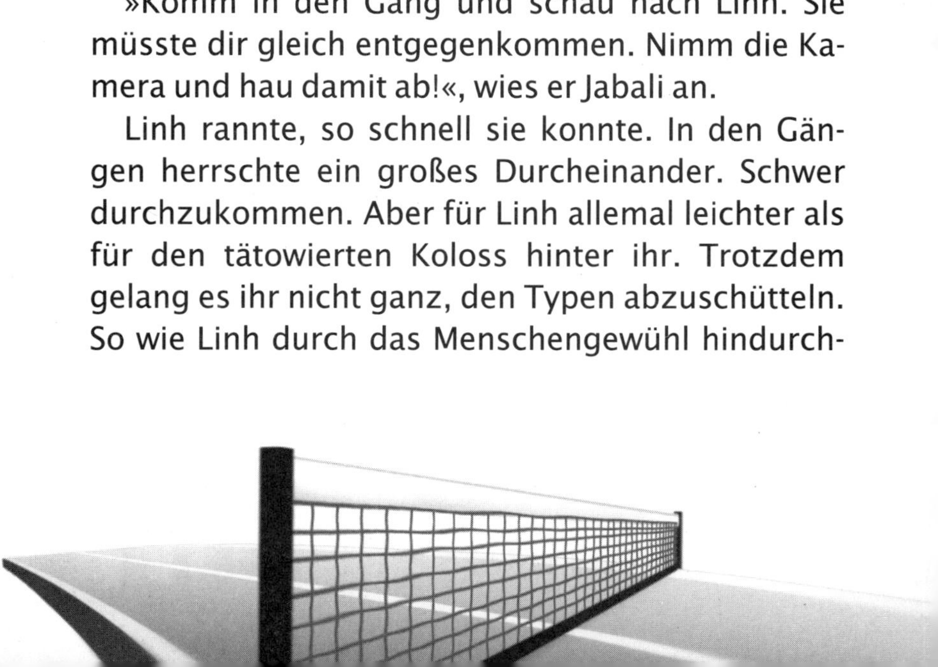

wuselte, stieß der Tätowierte mit seinen Ellenbogen einfach alle beiseite, die ihm im Weg standen.

Linh wusste, sie trug eine Trophäe bei sich, einen wichtigen Beweis, den sie auf gar keinen Fall verlieren wollte. Doch der Tätowierte kam immer näher. Linhs Vorsprung schmolz. Schritt für Schritt.

Gerade als sie überlegte, was sie nun tun sollte, hörte sie Jabalis Stimme.

»Pst! Linh. Hier!«

Linh drehte sich um und entdeckte Jabali, der nur wenige Meter entfernt stand und ihr unauffällig zunickte.

Linh rannte auf ihn zu.

Jabali streckte seinen Arm aus und erwartete die Kamera mit weit geöffneter Hand, genauso wie einen Stab, den man beim Staffellauf übergab. Linh begriff, und wie beim Staffelwechsel, den sie schon Hunderte Male trainiert hatten, wechselte die Kamera ohne Verzögerung zu Jabali. Jabali bog sofort rechts ab, während Linh erst geradeaus weiterlief, dann links abbog.

Der Tätowierte rannte weiter hinter Linh her. Auch der Pinguin hatte sich längst aufgerafft und war seinem Komplizen nachgeeilt. Er sah, wie Jabali abdrehte und folgte ihm.

Linh schaute hinter sich. Der Tätowierte blieb ihr auf den Fersen. Reaktionsschnell bog sie in einen Nebengang und hoffte, der Tätowierte würde an dem Gang vorbeilaufen. Doch der war hellwach und folgte ihr direkt in den schmalen Gang. Eine Sackgasse! Schon wenige Sekunden später bekam er Linh zu fassen.

Er packte sie hart an der Schulter und holte kaltblütig mit seinem rechten Arm aus. Linh sah die Tätowierung, erkannte jetzt auch den dreibeinigen Hund und entschied sich instinktiv, welchen der vielen Abwehr- und Hebelgriffe aus ihrem großen Programm sie einsetzen wollte. Während der Typ noch ausholte, um Linh mitten ins Gesicht zu schlagen, nutzte Linh die Kraft, die sich durch die Ausholbewegung rückwärts verlagerte. So holte sie den schweren Riesen mit einem einzigen Fußhebel von den Beinen, warf ihn um und fixierte ihn mit einer Kombination aus Armhebel, Festlegegriff und Würgegriff am Boden. Der Typ hatte keine Chance, sosehr er auch zappelte! In Linhs Haltegriff konnte er ihr nicht entkommen. Obwohl sie hier ganz allein waren, flüsterte sie ihm ins Ohr: »Früher wurden die Würgegriffe so lange durchgehalten, bis der Gegner bewusstlos war.«

Der Tätowierte röchelte und lief blau an. Linh zeigte keine Gnade. »Wer röchelt, ist noch bei Bewusstsein! Und ich bin eine große Freundin früherer Zeiten!«

Einen kurzen Moment bedauerte Linh, dass sie sich in diesen menschenleeren Korridor geflüchtet hatte. In dem großen Gang wären ihr inzwischen vielleicht schon andere Menschen zu Hilfe gekommen. Aber so ganz sicher war sie sich da auch nicht. Viel zu oft hatte sie schon von Vorfällen gehört, bei denen die Menschen nur tatenlos glotzten und noch nicht einmal die Polizei riefen, während eine fiese Schlägerei oder andere schlimme Gewalttaten stattfanden.

»Das Geld!«, zischte Linh dem Bulligen ins Ohr.

Der Tätowierte, unfähig, sich zu wehren, mit blau angelaufenem Gesicht und kaum noch in der Lage, einen Atemzug zu tun, tastete mit zittrigen Händen in seine Hosentasche, zupfte den 50-Euro-Schein hervor und gab ihn Linh. Linh überlegt kurz, was sie als Nächstes tun sollte. Sie konnte den bulligen Typen zwar in Schach halten, aber nicht den Griff lösen, um ihn abzuführen. Selbst mit einer Hand zu telefonieren, erschien ihr zu risikoreich. Wenn sie den Griff löste, musste sie zusehen, dass sie wegkam.

Und genau das tat sie. Vorher drückte sie noch einmal sehr fest zu.

Der Bullige japste röchelnd nach Luft. Genau in dem Augenblick ließ Linh los, sprang auf und rannte – mit dem Wettschein und dem Geld in der Tasche – zurück in die Halle.

Blitz! Und noch ein Bild! Jabali lief immer gerade drei Meter vor dem Pinguin her, der langsamer war als dessen Komplize und vor allem deutlich weniger Kondition besaß. Jabali spielte fast mit ihm wie eine trickreiche Maus mit einer bewegungsunfähigen Katze.

Er wusste: Diese Fotos würden ihm helfen, seinen Verfolger später zu identifizieren. Der ließ nicht locker und versuchte unermüdlich, an Jabali und die Kamera heranzukommen. Aber es gelang ihm nicht. Er kämpfte schon mit letzter Kraft und pfiff aus allen Löchern wie eine alte, verrostete Diesellok. Jabali dagegen hatte noch nicht einmal einen erhöhten Puls. Selbst beim Warmlaufen hatte er gewöhnlich ein höheres Tempo als das, was der Pinguin vermutlich Spitzengeschwindigkeit nannte.

Der Pinguin blieb stehen, beugte sich vornüber,

legte die Hände auf die riesigen Oberschenkel und keuchte schwer.

»Lächeln!«, rief Jabali ihm zu und schoss – Blitz! – noch ein Foto. Dann rannte er an dem restlos erschöpften Typen vorbei zurück zur Halle. Diesmal allerdings im Spurt. Er wollte so schnell wie möglich erfahren, was mit Lennart los war.

Michael behielt Kevin im Auge und beobachtete, wie der mit den Veranstaltern des Turniers verhandelte. Michael konnte sich nicht vorstellen, was Kevin von denen wollte. Er war doch längst ausgeschieden.

Schließlich nahm einer der Veranstalter das Hallenmikrofon und gab bekannt: »Gsachcochupewahutschehucwee ...«

Wer sollte das verstehen?

Ein anderer Mann drückte an einem Mischpult ein paar Knöpfe und gab dann dem Sprecher mit erhobenem Daumen ein Zeichen, dass jetzt alles okay wäre. Der Sprecher setzte von Neuem an. Diesmal verständlich: »Liebe Gäste! Wir freuen uns, Sie beim Finale um die Stadtmeisterschaft so zahlreich begrüßen zu dürfen. Ich bitte Sie aber um Ihre besondere Aufmerksamkeit.«

Die Stimmen und Geräusche in der Halle verstummten schnell.

»Durch eine bedauerliche Verletzung kann der Finalteilnehmer Lennart leider nicht zum Match antreten.«

Geraune im Publikum.

Michael erstarrte. Sein Blick schoss hinüber zu Linh und zu Jabali, die beide gerade aus verschiedenen Richtungen auf ihn zuliefen. Beide blieben vor Schreck stehen und schauten genauso entsetzt.

Was hatte der Hallensprecher da gesagt? Lennart konnte nicht antreten?

Kevins Miene verzog sich wieder zu einem breiten Grinsen.

Michael war außer sich. Was hatten die mit Lennart gemacht?

Der Hallensprecher erklärte unterdessen übers Mikro: »Um eine kampflose Entscheidung des Finales zu vermeiden, hat die Turnierleitung in Absprache mit Lennarts Finalgegner Robert entschieden, Kevin als Lennarts Halbfinalgegner nachrücken zu lassen.«

Beifall und Pfiffe auf diese Ankündigung hielten sich in etwa die Waage.

Michael pfiff am lautesten. »Das ist Schiebung! Das ist ...« Ihm fehlten die Worte. Irgendwie war Lennart aus dem Verkehr gezogen worden. Aber wie? Wo steckte er?

Er blickte sich um, ob von Lennart oder Ilka irgendwas zu sehen war.

In seiner Wut ging Michael nun direkt auf den Hageren zu, der immer noch regungslos an der Stelle der Geldübergabe stand. Jegliche Heimlichtuerei war Michael jetzt schnurz. Er packte den Hageren am Kragen, ließ eindrucksvoll seine Muskeln spielen und blaffte ihn an: »Raus mit der Sprache. Was hast du mit der Sache zu tun?«

»Ich ...?«, stotterte der Hagere. »Welche Sache? Überhaupt nichts!«

Michael schüttelte ihn kräftig durch.

Jabali und Linh sahen das und kamen hinzu. Es ergab keinen Sinn, sich weiter im Hintergrund zu halten.

»Also?«, setzte Michael dem Hageren weiter zu. »Warum gibst du den Typen Geld, das du kurz vorher aus dem Geldautomaten gezogen hast? Was hat es damit auf sich?«

»Ich habe gewettet«, sagte der Junge leise.

»Na und?«, hakte Michael nach.

»Ich habe auf Lennarts Sieg gewettet. Ich hatte aber noch nicht bezahlt!«

»Auf Lennart? Klar. Das hätte ich auch so gemacht. Lennart ist ja auch der Favorit.«

»Aber nun kann Lennart ja gar nicht spielen und ich habe die Wette schon vor dem Finale verloren. Und da wollten die Jungs vom Wettbüro das Geld natürlich endlich von mir haben.«

»Wieso kann Lennart nicht spielen?«, wollte Michael von dem Hageren wissen. »Raus mit der Sprache!«

»Na ja!«, sagte der Hagere. »Sein Arm! ich weiß auch nicht, wie das passiert ist!«

Das Finale

In diesem Moment tauchte Ilka auf. Sie trug Lennarts Sporttasche. Hinter ihr ging Lennart, sein rechter Arm war bandagiert. Sie stellte seine Tasche neben sich ab und legte ihre Hand sanft auf seine rechte Schulter. »Er wurde überfallen. Die Täter haben Lennart brutal auf den Arm geschlagen«, berichtete Ilka.

Michael nickte mit bitterer Miene. Genau wie er es sich gedacht hatte: Durch den Überfall hatten die Erpresser Lennart aus dem Verkehr gezogen, damit Kevin als Verlierer im Halbfinale nachrückte und nun doch noch zu seiner Finalteilnahme kam.

»Dass Kevin spielt, ist noch lange nicht ausgemacht!«, widersprach Linh. »Wir müssen die Turnierleitung informieren. Wir haben jetzt auch genug Beweise! Solche Typen haben hier nichts zu suchen!«

Michael nickte entschlossen. Auf diese Weise konnten sie Kevin vielleicht doch noch die Suppe

 versalzen. Mit knappen Worten informierte er Ilka und Lennart, inwieweit auch der Hagere – Moritz – Opfer dieses Erpressungs-Coups geworden war, und fragte ihn schließlich: »Kommst du mit und wiederholst, was du mir erzählt hast?«

Moritz nickte bereitwillig.

Linh griff in ihre Tasche und holte den 50-Euro-Schein hervor, den sie dem Bulligen abgenommen hatte. »Dein Geld hast du jedenfalls nicht verloren«, grinste sie und reichte es Moritz.

Der wusste gar nicht, was er sagen sollte, außer: »Wie hast du das denn geschafft? Danke!«

»Der Bullige hat es mir zurückgegeben«, lächelte Linh.

»Freiwillig?«, wunderte sich jetzt auch Ilka.

Linh zog scheinheilig die Schultern hoch. »Ja, klar. Er hat dabei nur ein bisschen geröchelt.«

Alle lachten. Bis auf Moritz. Er war der Einzige, der die Anspielung auf Linhs Würgegriff nicht verstanden hatte.

»Ich geh schon mal zum Schiedsrichter und sag Bescheid,« sagte Michael. »Kommt ihr mit?«

Natürlich kamen alle mit.

Und zum Glück mussten sie diesmal keinen Trick anwenden, um den Spielbereich betreten zu kön-

nen, denn der Ordner schien zurzeit von seiner Aufgabe als Türsteher zu pausieren.

Gerade wollte der Schiedsrichter das Finale eröffnen und über Lautsprecher den Beginn ankündigen lassen, als die Fünf Asse und Moritz auf ihn zuliefen.

»Moment noch!«, rief Michael.

Kevin drehte sich erstaunt um. Er ahnte, dass irgendetwas schiefgelaufen war. Auch der Schiedsrichter fragte erstaunt, was hier vor sich ginge. Doch Lennart zeigte nur seinen verletzten Arm und winkte mit dem gesunden den Schiedsrichter zur Turnierleitung, wo die anderen sich schon aufgebaut hatten, um ihre Geschichte zu erzählen.

Im Publikum gellte nun ein lautes Pfeifkonzert durch die Halle. Das Finale sollte endlich beginnen. Doch darauf konnte in diesem Moment niemand Rücksicht nehmen.

»Wir haben auch Fotos von den Erpressern hier auf der Karte«, sagte Jabali und übergab die Kamera, nachdem sie alles erzählt hatten.

»Und sogar ein Bild von der Geldübergabe!«, ergänzte Linh ein bisschen stolz auf ihre Kamera-Aktion. Dann legte sie noch den Wettzettel vor: »Hier stehen die Wettpartner und Wettbeträge fein säuberlich drauf!«

»Unglaublich!«, sagte der Turnierleiter und schüttelte fassungslos den Kopf. Er wählte eine Nummer und bekam sofort Anschluss: »Ich spreche mit der Polizei?«

Die fünf waren erleichtert und froh. Denn mit diesen Beweisen mussten alle Ergebnisse des Turniers annulliert werden und Lennart würde eine echte Chance auf die Stadtmeisterschaft bekommen, wenn das Turnier wiederholt wurde. So dachten sie sich das jedenfalls. Doch so einfach war es nicht.

»Was mache ich denn jetzt?«, fragte sich der Turnierleiter verzweifelt.

»Ist doch klar«, fand Jabali. »Das Turnier wird wiederholt!«

»Weißt du, was das kostet und welchen organisatorischen Aufwand das bedeutet? Das ist unmöglich«, erklärte der Turnierleiter.

»Aber Kevin muss doch disqualifiziert werden?!«, forderte Michael.

»Oder soll er jetzt etwa immer noch im Finale spielen?«, schnaubte Ilka vor Wut.

»Nein, nein!«, wiegelte der Turnierleiter ab. »Aber ich kann doch auch das Finale nicht einfach absagen. Die Halle ist voll!«

»Wieso absagen?«, fragte Lennart. »Das Finale findet statt!«

Seine vier Freunde staunten ihn an. Ob er noch unter den Nachwirkungen des Überfalls litt und die Dinge deswegen durcheinanderbrachte? Auch der Turnierleiter wusste nicht so recht, wie er das jetzt zu verstehen hatte.

»Ich spiele!«, entschied Lennart. Alle glaubten, dass Lennart seine neue Situation als Verletzter noch nicht in vollem Umfang erfasst hatte und noch etwas benebelt war.

Aber Lennart wiederholte: »Doch, doch, ich spiele!« Er blickte nur in offene Münder, von denen keiner in der Lage war, einen Ton hervorzubringen.

Linh fand als Erste ihre Sprache wieder und wollte behutsam versuchen, Lennart auf den Boden der Tatsachen zurückzuholen: »Aber wie willst du denn ...?«

Lennart schmunzelte. »Du hast mir mal erzählt, dass manche Judokämpfer sich im Training die Augen verbinden lassen, um ihre anderen Sinne zu schulen und die Kraft des Gegners besser zu spüren.«

Linh nickte. Sie erinnerte sich, Lennart davon erzählt zu haben. Aber was hatte das ...?

 Lennart hob seinen bandagierten rechten Arm. »Das sind meine verbundenen Augen«, grinste er. »Und das ...«, er hob seinen gesunden linken Arm, »... sind meine anderen Sinne.«

»Du willst mit links spielen?«, fragte Jabali sicherheitshalber noch mal nach.

Lennart nickte.

»Aber mit links hast du gegen Robert keine Chance!«

»Eine größere, als wenn ich gar nicht antrete«, antwortete Lennart. »Wer nicht kämpft, hat schon verloren.«

»Der Spruch könnte glatt von Linh sein«, lachte Michael.

»Das schaffst du«, klopfte ihm Ilka anerkennend auf die – heile – Schulter. »Das schaffst du mit links!«

Der Hallensprecher verkündete nun endlich den Beginn des Finales und das Publikum begrüßte Lennart mit tosendem Beifall. Sogar Robert klopfte ihm anerkennend auf die linke Schulter.

Die Zuschauer staunten, wie gut Lennart trotz seines Handicaps spielte. Nicht einmal seine besten vier Freunde hatten bis zu diesem Augenblick gewusst, wie hervorragend Lennart auch mit der linken Hand spielen konnte. Und für Robert war die-

ses Finale das erste Spiel gegen einen Linkshänder. Das bedeutete, dass auch er sich in einigen Situationen umstellen musste.

»Das muss er heimlich geübt haben«, glaubte Michael.

»Wieso heimlich?«, fragte Jabali. »Dass Lennart bei jeder Gelegenheit mit irgendeinem Ball spielt, ist doch kein Geheimnis. Notfalls würde der Robert auch nur mit dem kleinen Zeh von der Platte putzen.«

Ganz so gut, wie Jabali es darstellte, war Lennart dann doch nicht. Er verlor das Finale in drei Sätzen. Trotzdem schlug er sich hervorragend. Und niemals zuvor war der Unterlegene eines Finales so gefeiert worden wie Lennart an diesem Tag. Da waren der Tätowierte, der Pinguin und der Typ mit dem Sprachfehler allerdings schon längst von der Polizei abgeführt worden. Moritz hatte die Identität des Jungen mit dem Sprachfehler gekannt. Bezeichnenderweise hieß der Simon Schuster. Simon hatte die Polizei, noch wütend über die misslungene Aktion, dann direkt zu dem Bulligen und dem Pinguin geführt. Sie waren für die Polizei keine Unbekannten, aber dank der Fünf Asse lagen nun endlich Beweise gegen sie vor.

Steht auf
und frühstückt!
nutella
www.nutella.de

DETEKTIV
GESUCHT!
NICK.DE
Mit Gewinnspiel!
GROSSE NICK DETEKTIV-AKTION!
Auf www.NICK.de ist immer jede Menge los: Spiele, Videos, Infos zu deinen Lieblingsserien, Gewinnspiele und vieles mehr.
Ab sofort erwartet dich hier ein großes Fünf Asse-Spezial mit Hintergrundinfos, Downloads und tollem Gewinnspiel!
Fünf Asse
Bist du ein echter Detektiv-Fan?
Dann nichts wie los! Klick dich auf www.NICK.de
NICK kommt mit. www.nick.de
© 2006 Viacom International Inc. Alle Rechte vorbehalten.